KB042753

포식의 군주

포식의
군주 1

초판 1쇄 인쇄일 2016년 12월 24일 | **초판 1쇄 발행일** 2016년 12월 28일

지은이 풍류랑 | **펴낸이** 곽동현 | **담당편집 팀장** 이범수
편집부 신연제 이윤아 홍현주 김유진 조서영

펴낸곳 (주)조은세상 | 출판등록 제 2002-23호
주소 경기도 연천군 미산면 청정로 1355
TEL 편집부 02)587-2966 | FAX 02)587-2922
e-mail bukdu@comics21c.co.kr

풍류랑 ⓒ 2016
ISBN 979-11-5832-811-5 | ISBN 979-11-5832-810-8(set) | 값 8,000원

포식의 군주

풍류랑 현대판타지 장편소설

NEO MODERN FANTASY STORY

1

북두
(주)좋은세상

CONTENTS

포식의
군주

포식의 군주

1. 생존

"…역시 안 되는 건가."

김태랑은 깊은 한숨을 내쉬었다.

이번 작품은 정말 최선을 다했다. 문장 하나를 다듬기 위해 수 십 번을 고쳐 쓰고, 오타라도 있을까봐 눈알 빠지게 교정을 봤다. 공개하기 전만해도 여러 출판사에서 동시에 컨택이 들어오면 어떡하나하는 고민까지 했다.

그러나 결과는 대실패.

75편 분량 동안 선호작 수 100명. 심지어 최근편은 그보다 밑이었다. 이대로 유료화는 언감생심, 작품을 갈아엎어야 할 수준이었다.

김태랑은 무심결에 담배를 꺼내 물었다.

다리를 쭉 펴려면 의자를 책상위로 올려야만 하는 2평 남짓한 고시원. 실내선 금연이란 걸 알지만 도저히 참을 수가 없었다.

'내 인생은 완전히 실패작이야.'

고교 시절, 인터넷에 올린 소설이 운 좋게 출판까지 이어졌다. 그때만 해도 작가가 자신의 길이라 여겼다. 얼마나 뛰어났으면 고등학생 나이에 출판을 다 했을까?

주위의 시샘과 질투를 한 몸에 받은 데뷔.

대학은 대충 점수 맞춰갔다. 진로가 이미 정해졌기 때문에 전공 같은 건 뭐든 상관없었다. 단지 주변 눈치와 대학 졸업장이 필요했을 뿐이다.

하지만 지나치게 자만했던 것일까?

이후 출판한 두 작품은 시쳇말로 말아 먹었다. 급기야 시장의 변화로 대여점체계가 무너지면서, 꾸역꾸역 책을 내주던 출판사마저 부도로 망해버렸다.

나중에 계산해보니 4년 동안 3질의 작품을 내며 번 돈이 한 달 평균 70만원 정도였다. 같은 기간 알바를 했어도 분명 벌수 있었던 금액.

학점도 인간관계도 모두 내팽개친 결과가 고작 이것이었다니… 참으로 한심하고 허무했다. 인생의 황금기를 허송세월하며 날려버린 느낌이었다.

열심히 사다리에 오르고 나서야 깨달은 것이다. 여기가 아니었구나, 하고.

도망치듯 군대를 갔다.

복학해서는 두 번 다시 글을 쓰지 않았다. 소설가가 되려던 꿈은 철없던 시절의 추억으로 남겼다. 그나마 전업을 도전하지 않고 대학이라도 다닌 것이 천만 다행이었다.

졸업이 가까워오자 슬슬 취업준비를 해야 했다. 그러나 학점이 발목을 잡았다. 소설 쓴답시고 출석을 어영부영 했기 때문이다. 게다가 전공은 애초부터 관심도 없었다.

결국 태랑은 남들 다하는 공무원시험에 뛰어들었다.

시험은 늘 아슬아슬 실패였다.

지방직도 쳐보고 그랬는데 조금씩 점수가 모자랐다. 차라리 확실하게 떨어져 버리면 속 편히 때려치우고 말 것을, 자꾸 희망고문 하듯 문턱에서 고꾸라졌다.

3년이란 수험기간 동안 부모님의 한숨도 늘고, 본인의 담배는 더욱 늘었다.

어느덧 스물일곱.

태랑은 그렇게 이룬 것 하나 없는 이태백의 일원이 되어갔다. 5포세대니 7포세대니 하는 소리가 남 얘기 같지 않았다.

3질의 책을 출간했던 판타지 작가 경력이란 어디다 대고 얘기하기도 쑥스러운 것이었다. 명절엔 친척들의 시선이 두려웠고, 친구들 모임 자린 온갖 핑계를 대서라도 피했다.

고시 생활이 오래되자 성격도 조금씩 변해갔다.

재기발랄하고 번뜩이던 예지는 찾아볼 수 없고, 의기소침하고 축 처진 루져처럼 침울해졌다.

태랑은 완벽한 인생의 실패자가 되어가는 것 같았다.

그러던 어느 날, 학원 배전공사 관계로 빈 시간이 생겼다.

인강을 들으며 자습을 하는데 그날따라 집중이 잘 되지 않았다. 무슨 기분이 들었는지 장르 문학 사이트에 접속했다. 처음엔 잠깐 머리만 식힐 요량이었다.

나중에 시계를 보고 화들짝 놀랐다.

앉은자리에서 3시간이 훌쩍 지나 버린 것이다. 오랜만에 공부를 잊고 가슴이 두근댔다. 그는 여전히 소설을 읽는 게 좋았다. 과거에 작가가 되려고 했던 것도 소설을 읽는 게 너무 행복했기 때문이었다.

이에 고무된 태랑은 이곳저곳에서 정보를 수집했다. 작가들이 주로 모인다는 게시판을 눈팅해보니 대강의 업계 사정이 파악 되었다.

최근엔 종이책 출판보다 인터넷 유료연재가 돈이 되고 있었다. 놀라운 것은 어느 정도 인기만 끌 수 있다면 어지간한 월급쟁이만큼 버는 것도 가능했다.

잘나가는 작가는 월에 천만원이 넘는 인세도 만진다 했다. 과거와 비교 할 수도 없을 만큼 시장이 확대되어 있었다.

태랑은 오랜 시간 동안 고민했다.

자신이 진정 하고 싶은 일은 무엇이었을까? 이대로 공무원 시험에 합격한들 행복할 순 있을까? 하고 싶은 일을 하며 사는 것이 진정한 행복 아닐까?

때론 부정적인 생각도 팽팽하게 맞섰다.

공부하기 싫으니까 도망치려는 거 아닌가? 세상 사람들이 다 자기 하고 싶은 일하고 사는 줄 알아? 나이가 몇 갠데 취미랑 일을 아직도 구분 못해?

갑자기 잘되던 공부가 손에 잡히질 않았다. 뭘 하고 있어도 글 쓰던 당시의 생각만 났다.

댓글에 감격하고, 추천에 환호하던 기억이 새록새록 떠올랐다. 날밤을 새가며 키보드를 두들기던 피곤함이 그리웠다. 어느날 문득 추천란에 자기 작품이 떡하니 올라와 있는, 그 희열감을 다시 느끼고 싶었다.

더구나 작가는 예전처럼 배고프기만한 직업도 아니었다.

이제는 장르작가도 능력만 된다면 충분히 먹고 살만한 세상이 되어 있었다. 잘 풀리면 공무원이 되는 것 보다 훨씬 여유롭고 풍족하게 살 수도 있었다.

태랑은 고민 끝에 결심을 마쳤다.

이상과 현실이라는 줄다리기는 극적인 타결을 이뤄냈다.

'1년. 더도 말고 덜도 말고 딱 1년만 도전해 보자. 그래도 안 된다면 어쩔 수 없지만, 이렇게 미련이 남은 상태론 아무것도 못할 것 같다.'

그러나 집으로 다시 돌아가, 앞으로 1년 동안 소설을 쓰겠노라 선언할 용기는 없었다.

이것은 절대로 부모님 몰래하는 도전이어야 했다.

공시에 방해될까 거들떠도 안 보던 노트북도 구매했다. 명필은 붓을 가리지 않는다지만, 좋은 장비에서 좋은 작품이 나올 것이란 믿음을 가지고 가장 값비싼 것으로 샀다.

공시자금을 대주시는 부모님껜 죄송했지만, 성공으로 보답하면 된다고 생각했다.

남들이 이곳에서 공무원을 하건 경찰이 되건 일절 신경 쓰지 않기로 했다. 자신은 2평 남짓한 비좁은 공간에서 장르소설가로 기필코 성공하고 말 것이다.

오랜만에 의욕이 넘쳤다.

어떤 글이던 마구 쏟아 낼 수 있을 것 같은 기분이었다.

아무렇게나 끄적인 글을 인터넷에 올렸다. 오랜만에 써 본 글이라서 당연히 인기는 없었다. 십여 편 쯤 연재를 했을 때 말없이 연재를 접고 게시판을 비공개로 돌렸다.

태랑은 무엇이 문제인지 생각해보았다.

나름 3질이나 출판한 경력자다.

글을 처음 쓰는 것도 아니니 문장력이 못 봐줄 정돈 아니었다. 다만 트렌드에 너무 맞지 않았다.

포식의
군주 1

사람들은 더 이상 드래곤이 브래스를 뽑고 마법사가 몇 써클인지는 관심 없었다. 다들 정통 판타지는 한물갔다고 했다.

소재가 잘못되었다는 걸 깨달은 태랑은 최근 유행한다는 전문가물이나 레이드물에 도전하기로 했다.

둘 중 하나를 선택해야 하는데 전문가물은 자료조사가 까다로웠다. 회사생활을 해본적도 없고, 전문직에 아는 친구도 없으니 디테일한 부분의 묘사가 어려웠다. 어설프게 썼다간 역풍을 맞을 것 같았다.

해서 본격적으로 도전한 것이 지금의 레이드물이었다. 제목에 '레이드'만 들어가도 조회수 기본 1000은 깔고 간다고 했다.

그런데 절치부심 끝에 내놓은 작품이 완전 망해버린 것이다. 75편이면 거의 3권 분량인데 선작수가 고작 100이라니… 태랑은 씁쓸함을 감출 수 없었다.

기대가 너무 컸던 것일까?

어쩌면 당연한 결과일지도 몰랐다. 작금의 장르 판에 영원한 건 없었다. 전작을 메가히트 치고도 후속작에 고배를 마시는 작가들도 수두룩했다.

하물며 5년 만에 다시 글을 쓰는 자신이라면야….

태랑은 습관적으로 새로 고침 버튼을 눌렀다. 5분 사이 선작이 한명 더 빠져 이제 완전히 두 자리 수로 변해 있었다.

이해할 수 없다. 글을 올렸는데 오히려 선작이 줄다니… 최신 편엔 댓글도 하나 달렸다.

'오랜만인데…?'

태랑은 떨리는 마음으로 댓글을 클릭했다.

-하차합니다. 나중에라도 재밌어지는 줄 알았는데 괜히 시간 낭비했네요. 쩝. 무료도 못 봐주겠네….

적나라한 일침에 태랑의 표정이 딱딱히 굳었다. 독자들의 평가는 잔인할 만큼 솔직했고, 솔직해서 더욱 잔인했다. '레이드'라는 대중적인 소재 때문에 관성으로 보던 사람들마저 떨어져나가, 연독률은 대공황기의 주가처럼 곤두박질쳤다.

이건 그냥 망한 것이다. 아니 보통 망한 게 아니고 좆망이었다.

쾅-쾅!

"야이 씨바, 누가 개념 없이 고시원 안에서 담배 펴! 얼른 안 꺼?"

합판으로 만든 얇은 벽이 흔들린다. 담배냄새가 흘러들어 옆방 사람의 심기를 자극했나 보다. 태랑은 황급히 종이컵에 담배를 비벼 껐다.

"…죄송합니다!"

외투를 꺼내 입고 도망치듯 옥상으로 올랐다. 하다하다 이제는 민폐까지… 정말 최저이자 최악의 인간이다. 자신은.

❖ ·❖· ❖

어느덧 저녁이 된 도시의 야경이 눈에 들어왔다. 고층빌딩의 유리창엔 모두 불이 켜져 있다.

"저 많은 빌딩 중에 내 자리는 한 칸도 없네…."

어디서부터 잘못된 것일까?

어른들 말마따나 그냥 공부나 열심히 했어야 했나?

꿈을 좇으면 행복할 줄 알았다.

그러나 현실은 치열했고, 세상은 녹록치 않았다.

애초에 재능이 모자람에도 스스로를 과신한 탓이다.

초년시절의 어설픈 성공이 독으로 돌아오는 순간이었다.

태랑은 옥상난간에 위태롭게 배를 걸치고 5층 아래를 내다보았다. 고시원 골목길에선 학생들이 무거운 가방을 매고 묵묵히 걷고 있었다.

'…다들 참 열심히도 사는구나.'

지금 여기 있는 누구도 자신만큼 한심하진 않을 것이다. 실패한 일을 똑같이 반복하는 학습효과 따윈 없는 머저리. 부모님이 힘들게 벌어 보내준 공무원 시험비를 값비싼 노트북사는데 탕진한 불효자.

참을 수 없는 자괴감이 밀려왔다.

'…확 죽어버릴까?'

이대로 뛰어내리면 모든 게 끝이다.

고민도, 걱정도 필요 없다.

올핸 꼭 시험에 붙을 거라며 신년부터 절에 가 삼천배를 올렸다던 어머니. 새벽까지 힘들게 택시를 몰아가며 꼬박 꼬박 고시원 비를 붙여 주시던 아버지.

못난 자식을 철석같이 믿고 뒷바라지를 마다않는 부모님께 너무 죄송했다. 다른 학생은 이토록 치열하게 사는데, 자신은 몇 달째 소설나부랭이를 끄적인답시고 부모님까지 속여 가며 똥글만 싸댄 것이다.

"어어? 그렇게 있으면 위험 할 텐데?"

그를 멀리서 지켜보고 있던 여자가 말을 걸어왔다. 태랑은 얼굴에 피가 확 쏠린 자세로 옆으로 고개를 돌렸다. 누구더라? 아아. 경찰직 준비한다던 그 여자구나.

가끔 공시학원에서 마주치던 기억이 났다.

같은 고시원에 산다고 인사도 가끔 주고받았었는데. 태랑은 서서히 난간에 몸을 뗐다.

살짝 충동이 인 것은 사실이지만 죽을 생각까진 당연히 없었다. 왜 누구나 괴로운 순간이면 콱 뛰어내리고 싶다는 생각 정돈 할 수 있는 것 아닌가?

잘 모르는 사람에게 괜한 속내를 들킨 것 같아 창피했다.

"…그냥 밑에 좀 본 거예요."

"아, 네."

짧은 대화. 그래도 약간은 고마웠다. 옥상 난간에 서성인다고 걱정해주는 사람도 있다니… 비록 오해에서 비롯되긴 했지만 속이 따뜻한 사람 같았다.

괜히 울컥하는 기분이 들며 가슴 속에 의지가 샘솟았다.

'그래! 이렇게 쉽게 포기할 순 없어. 한번만 더 해보는 거야. 아직 목표했던 1년이 지난 것도 아니잖아.'

태랑은 심기일전하며 다시 자리로 돌아왔다.

그는 70여편을 넘게 연재한 소설의 게시판에 공지를 띄웠다.

[죄송합니다. 개인사정으로 연중합니다. 게시판은 일주일 뒤 회수하겠습니다.]

마지막 공지 글마저 조회수가 채 10이 안됐다. 아쉽다는 댓글조차 없다. 지금의 작품은 딱 그 정도였다.

'됐어. 어차피 망한 건 망한 거고. 너무 자책하지 말자. 이번엔 너무 성급했어.'

태랑은 실패의 원인을 다시 한 번 면밀히 분석했다.

두 작품을 연속으로 말아먹자 깨달은 바가 컸다.

가장 큰 문제는 명확한 플롯의 부재였다.

도입과 엔딩장면만 대충 정해놓고 글을 쓰다 보니 시간이 지날수록 작품이 방향성을 잃고, 캐릭터가 제멋대로 날뛰었다.

차분하게 여유를 두고 스토리를 잡았으면 훨씬 다듬어졌을 글이, 연재속도에 맞추느라 회수도 못할 떡밥 남발에 방향을 상실하고 엉망진창으로 변질되고 말았다.

'플롯은 글의 뼈대와 같다. 스토리를 확실하게 짜놓지 않으니까 이야기가 중간에 허물어져 버리는 거야. 뿌리가 깊지 못한 나무가 높이 자랄 수 없는 것과 마찬가지지.'

원인을 알게 되자 다음 작품은 무조건 마스터 플롯을 짜놓고 시작하겠노라 결심했다. 이번에도 망하면 다신 장르 문학 쪽으론 발을 붙이지 않겠다는 각오였다.

의지를 새로이 다졌지만 플롯은 쉽사리 떠오르지 않았다. 시간과 돈을 들여가며 최근에 흥행한 작품들을 섭렵했다. 사람들이 뭘 좋아하며 즐겨 읽는지 트랜드도 철저히 파악했다.

그러나 정작 뭘 써야할지는 막막했다.

하얀 바탕 위에 깜빡이는 커서가 오른쪽으로 나아가다가도 뒤로 물러서기를 반복했다. 연거푸 이어진 실패가 첫 문장을 떼는 것조차 두렵게 했다.

'…이번이 진짜 마지막이야. 빨리 쓰는 것보다 제대로 쓰는 게 중요해. 김태랑. 조급해 말자. 천천히. 넌 할 수 있어.'

프롤로그를 몇 번이고 썼다 지웠다. 소설 반 권 분량을 통째로 갈아엎기도 했다. 지루하고 고단한 자신과의 싸움이었지만 태랑은 의지를 다졌다.

'두고 봐. 모두가 극찬하는 역작을 만들어 내고 말테니까.'

밤낮 소설 소재만 생각하다보니 나중엔 꿈에도 소설

내용이 나올 지경이었다.

어느 날 아침 눈을 떴을 때 태랑의 머릿속에 폭풍이 휘몰아쳤다. 그는 벌떡 일어나 서둘러 노트북 전원버튼을 눌렀다. 부팅되기 기다리는 시간이 억만겁 같았다.

'젠장 왜 이리 느려터졌지? 비싼 제품 맞아?'

그의 손이 부들부들 떨리고 있었다.

'까먹기 전에 얼른!'

태랑은 그전까지 썼던 글을 미련 없이 날려버리고 빈 화면에 새로운 소설의 플롯을 미친 듯이 적어 내려갔다.

그것은 꿈에서 봤던 내용이었다.

'하늘이 나를 돕는 구나! 이렇게 기막힌 이야기가 떠오르다니!'

[…어느 날 갑자기 하늘에 구멍이 뚫리고 괴수가 세상으로 내려왔다. 이유를 알 수 없지만 괴수에겐 현대의 무기가 통하지 않았다. 인류는 속수무책으로 무너졌다.

신이 인간을 버렸음을 원망할 때, 갑자기 살아남은 사람들의 몸에서 빛이 나기 시작했다. 그 후 사람들은 저마다 한 가지씩 능력을 갖게 되었다. 능력을 갖게 된 인류는 드디어 괴수를 쓰러뜨릴 힘을 얻었다.

괴수를 해치우면 그에 따라 본인의 능력도 올라갔다. 마치 게임처럼 초인과 같은 강한 힘도 생기고, 초능력을 쓸 수도 있었다.

마침내 인류는 괴수들을 절멸시킬 계획을 세우기 시작했다…]

꿈은 일주일 동안 계속되었다. 신기하게도 모든 내용이 앞뒤로 연결되었고 하나의 거대한 스토리를 이루고 있었다.

엔딩을 앞에 두고 꿈이 끝나버리고 말았지만, 플롯 자체는 이미 완성된 것이나 다름없었다.

태랑은 한 장면이라도 놓칠까, 잠에서 깨자마자 득달같이 노트북으로 달려갔다. 사건들을 연대기 순으로 정리하고 꿈에 봤던 몬스터나 이능들도 착실하게 분류했다.

가끔 사람들도 꿈에 나왔다. 대부분 처음 보는 사람들이었으며 몇몇은 이름을 가지고 있었고, 또 얼굴만 스쳐지나가는 경우도 있었다. 그렇게 인물의 조형 역시 꿈에 나온 사람들을 기반으로 했다.

2달여간의 준비기간이 끝나자 마스터 플롯과 설정집이 완성되었다. 주인공 이름은 아직 못 정했지만 이제 정해진 스토리에 살을 붙이기만 하면 되는 일이었다.

당장 연재를 개시해도 무리가 없었다.

"좋았어! 프롤로그는 일단 완성됐고."

이야기의 서두를 장식하는 프롤로그 편에 마침표를 찍으며 태랑이 활짝 기지개를 켰다.

아직 오후 밖에 안됐는데 눈이 침침하고 어깨는 찌뿌둥했다.

설정집을 완성하느라 타자를 너무 쳐, 손끝이 저릴 지경이었다. 이렇게 열정적으로 글을 써본 것은 고교시절 이후 처음. 이번 작품은 망하더라도 후회는 남기지 않을 것이다.

'아니, 이번엔 무조건 뜬다.'

플롯은 벌써 완결 직전까지 준비되어 있다. 이야기의 끝만 결정하면 됐다. 프롤로그를 싸이트에 등록한 태랑의 심장이 미친 듯 쿵쾅거렸다.

초대박작의 성패는 초반부에 갈린다. 대충 10편은 진행되어야 입질이 오겠지만 시작부터 감이 좋았다. 그는 떨리는 마음을 진정시키기 위해 고시원 옥상에 올라갔다.

담배를 물고 있는데 누군가 말을 걸어왔다.

"저기 죄송한데 담배 한 대만 빌려줄래요?"

누구더라? 낯익은데?

아! 지난번 그 여자구나. 근데 담배도 피었었나?

"좀 독한데 이거라도 피실래요?"

"어, 1mg가 아니네… 그래도 고마워요."

여자가 공손히 담배를 받아 들었다.

"근데 요즘 독학하시나 봐요?"

여자가 능숙하게 담배연기를 뱉으며 물었다. 그런데 어떻게 알았지? 하긴 같은 고시원 소속에 같은 학원을 다녔으니 그만둔 걸 눈치를 챘을 수도 있겠다.

"잠시 다른 일 좀 알아보고 있어요."

"정말요? 그럼 공무원 시험은 그만하시게요?"

"글쎄요…."

이번 작품이 잘되면 그럴지도 모르지.

태랑은 담배연기를 내뱉으며 여자를 전체적으로 한번 스캔했다. 화장기 없는 수수한 얼굴에 머리를 뒤로 묶은 전형적인 고시원 스타일. 하지만 꾸미면 제법 귀여운 편 같다. 남자친구정돈 당연히 있겠지?

"실은 저도 올해가 마지막이에요. 부모님이 이번에도 떨어지면 시집갈 준비나 하래나. 에휴."

여자가 씁쓸하게 대답했다. 그러고 보니 아직 이름도 모른다.

"근데 성함이… 전 태랑입니다. 김태랑이요."

"전 이유화에요. 몇 달 같은 건물 살았는데 통성명은 처음이네요. 반가워요."

유화?

태랑은 어디선가 들어본 이름이라 생각했다. 여자 아이돌 그룹멤버였던가? 유화는 재떨이로 쓰는 깡통에 꽁초를 비벼껐다.

"에휴, 이제 공부 해야겠네요. 참, 담배 고마웠어요, 태랑씨. 가끔 못 참을 때만 피우는 편이라 잘 안 사놓거든요. 다음에 꼭 갚을게요. 그럼 전 이만."

유화가 이어폰을 꽂으며 옥상을 내려갔다. 태랑은 유화의 뒷모습이 사라질 때까지 뚫어지게 쳐다보았다. 쫙 붙은 트레이닝바지로 드러난 뒷태는 건강미가 가득했다.

'크흡. 골반 좋네. 남자친구 있는지 물어볼 걸 그랬나.'

태랑은 이내 고개를 흔들었다. 대체 무슨 생각이냐? 오버하지 말자. 가난한 장르작가에게 사랑은 사치다. 누가 보면 벌써 베스트셀러라도 쓴 줄 알겠네.

'그래도 이번 작품만 터지면 나도!'

2개월 공들여 준비한 작품이라 그런지 기대가 몹시 컸다. 분명 이번 작품은 대박이 날 것이다. 아니 무조건 나야한다.

태랑이 스스로를 격려하던 바로 그때.

마른하늘에 갑자기 구멍이 뚫리며 몬스터가 쏟아지기 시작했다.

그것은 흡사 태랑이 써놓은 프롤로그의 첫 장면 같았다.

종말이 다가왔다.

달리 표현할 말이 없었다. 후에 '몬스터 인베이젼'라 명명된 그 날, 동시다발적으로 쏟아지는 괴수들에 의해 인류는 속수무책으로 무너졌다.

총이나 미사일 같은 현대화기가 통하지 않는다는 사실을

깨닫는 데는 얼마 걸리지 않았다. 군부대에도 괴수가 출현했기 때문이었다.

갑자기 하늘에서 떨어진 괴수를 향해 기관총이 불을 뿜었다. 그러나 총알은 괴수를 통과해 지나쳐 버렸다. 관통한 게 아니었다. 애초에 유령처럼 물리력이 통용되지 않는 상대였다.

수류탄, 고폭탄, 끝내는 다련장 미사일까지 쏟아 부었지만 괴수는 끄떡없었다.

북한은 모처럼 인류를 위해 희생적 결단을 했다. 자기 머리위로 핵폭탄을 떨어뜨린 것이다. 그러나 인류가 발명한 최강의 무기로도 그들을 죽일 순 없었다.

마침내 인류는 인정했다.

괴수를 죽일 수 있는 수단이란, 인류에게 존재하지 않았다.

어떤 놈은 곤충을 닮기도 하고 또 어떤 놈은 심해어와 흡사했다. 원숭이만큼 작은놈도 있었지만 3층 건물높이로 큰 놈도 있었다.

제각기 개성적이고 독특한 괴수들에겐 공통점이 하나 있었다.

바로 인간을 잡아먹는다는 점이었다.

그들은 70억의 인류를 놓고 뷔페를 즐기듯 식인의 향연을 벌였다.

전쟁, 운석충돌, 급격한 기후변화… 인류 최후에 날에 대해 많은 명망 있는 학자들이 내세운 주장은 모두 틀렸다.

인간은 하늘에서 내려온 괴수에 의해 멸종될 것이다.

갑자기 생겨난 구멍에서 쏟아진 몬스터들은 순식간에 사방으로 퍼져나갔다. 태랑은 눈으로 보고도 믿을 수 없었다.

내가 지금 꿈을 꾸고 있나?

볼을 꼬집었지만 빌어먹게도 고통이 생생했다. 다리는 후들거리고 도무지 정신을 차릴 수 없었다. 믿기지 않는 일이 벌어지고 있었다.

"…말도 안 돼! 이런 일은 있을 수 없다고!"

태랑은 고시원 옥상에서 밑으로 머리를 내밀었다. 부근에 떨어진 인간형태의 괴수하나가 행인들에게 다가가는 게 보였다. 사람들은 첨에 코스프레인줄 알고 놀라지도 않았다. 어쩌면 영화 촬영을 한다고 생각했을지도 모른다.

그러나 한 남성이 날카로운 발톱에 두 동강나는 순간, 사방에 피가 뿌려지고 비명이 터져 나왔다.

그때부터 걷잡을 수 없는 혼란이 펼쳐졌다.

사람들은 귀신이라도 본 것처럼 혼비백산하여 달아났다.

그러나 괴수는 몹시 빨랐다. 놈은 긴 손톱을 칼처럼 뽑아내더니 닥치는 대로 사람들을 죽였다.

뼈를 가진 인간의 살덩이가 두부처럼 매끈하게 썰려나갔다. 유혈이 낭자하고 바닥에는 피웅덩이가 가득했다.

고시원 골목뿐이 아니었다.

온 천지에서 급브레이크 밟는 소리, 뭔가가 박살나는 소리, 사람들의 고함과 울음소리가 섞여 쏟아져 나왔다. 불길이 치솟아 오르고, 하수관이 터지고, 아케이드의 유리창은 산산조각 났다.

평화롭던 거리가 순식간에 전쟁터로 돌변했다.

단지 근방에 떨어진 몇 마리의 몬스터에 의해서였다.

'말도 안 돼. 내가 꿈에서 본 장면이랑 완전히 똑같잖아!'

거리에서 펼쳐지는 모습은 태랑이 꿈에서 본 것과 완벽히 일치했다. 마치 한번 경험한 일을 다시 겪는 듯한 기시감. 그러나 이 생생한 느낌은 완벽한 현실이었다.

'그럼 내가 예지몽을 꾸었던 거야?'

예지몽.

앞으로 일어날 일을 꿈이라는 매체를 통해 보여주는 예언의 일종.

그렇게 밖에 설명할 길이 없었다. 소설의 영감을 얻었다고 생각했던 꿈은 실은 앞으로 벌어질 일에 대한 경고였던 것이다. 예언자들이나 선지자들이 받는다는 신탁과 같은 것 말이다.

태랑은 다리에 힘이 풀려 주저앉았다.

자신이 본 미래가 사실이라면 그날 하루 서울에서만 200만이 넘는 인구가 죽게 된다.

괴수에게 살해 되거나 잡아먹힌 숫자 150만. 나머지는 도망치다 좁은 곳에 몰려 압사되거나 교통사고, 혹은 화재 등의 사고로 인한 2차 피해자들이었다.

태랑은 떨림을 주체할 수 없었다.

멍청이! 한심한 놈! 이기주의자!

무려 2개월 전부터 그 꿈을 꿨다. 그런데 이걸 단순히 소설 소재로만 생각하다니! 어째서 일주일이나 계속되는 꿈에 대해서 단 한 번도 의심하지 않았던 걸까?

신은 바로 자신을 통해 경고를 주고 있었던 것이다!

사람들에게 알리라고. 몬스터의 침공에 대비해야 한다고!

벌어지는 모든 일이 마치 자기 탓인 것만 같았다. 지금 이 순간에도 거리에선 비명이 끊이질 않았다. 태랑은 머리를 감싸 쥐고 절망에 빠졌다. 머릿속이 텅 빈처럼 아무런 생각도 나지 않았고, 무엇을 해야 할지도 몰랐다. 자신은 몬스터 인베이젼을 미리 알아차리고도 알리지 못한 죄로 죽고 말 것이다.

그때 옥상 문이 벌컥 열렸다. 방금 전 옥상을 내려갔던 이유화였다.

"헉헉, 아직 있었네? 혹시나 해서 와봤어요. 태랑씨 지금 여기 있으면 안 돼요!"

"……"

"비명소리 안 들려요? 지금 서울 한복판에 괴수가 출현했다구요, 어서 도망쳐야 해요!"

그녀가 태랑을 향해 크게 소리치는 순간, 아이러니하게 그제야 유화의 이름이 떠올랐다. 분명 익숙한 이름이라 생각했는데 그녀는 바로 자신의 소설 속에 등장인물이었다.

"…이유화라고?"

"맞아요. 내 이름. 김태랑 씨, 정신 좀 들어요? 지금 이럴 때가 아니라니까요? 괴물들이 사람을 잡아먹고 있어요! 얼른 도망쳐야 해요. 고시원 사람들도 벌써 다 대피했어요. 서둘러요!"

유화는 웅크리고 있는 태랑의 손을 잡아챘다.

몬스터 인베이젼. 그리고 유화의 등장.

이 모든 게 우연의 일치일까?

자신의 꿈이 만약 예지몽이 틀림없다면….

유화는 머뭇대는 태랑을 억지로 잡아끌었다. 태랑은 끌려가는 중에도 뭐라고 혼자 중얼거렸다. 그녀는 태랑이 공포에 질려 정신이 나가버렸다고만 생각했다.

그때 태랑이 유화에게 소리쳤다.

"자, 잠깐만요. 방에 두고 온 게 있는데 금방 챙겨올게요."

"네? 이 와중에 대체 뭘 챙긴다는 거예요?"

"진짜 중요한 물건이에요. 잠시만!"

태랑이 번개처럼 남자고시원 방으로 뛰어갔다.

"유에스비… 유에스비가 어딨더라."

태랑은 황급히 책상을 뒤졌다. 도둑이 한바탕 쓸고 간 것처럼 모든 서랍들이 차례로 혀를 내밀었다. 그러나 유에스비는 보이지 않았다. 마침 지난주에 하나 있던 게 고장 나서 쓰레기통에 처박은 기억이 떠올랐다.

"에이 씨팔! 하필이면."

급한 대로 노트북에 꽂힌 랜선을 뽑았다. 거추장스럽긴 해도 당장 노트북째로 들고 가는 수밖에 없었다. 태랑이 방에 들러 고작 노트북을 들고 나오자 유화는 어이가 없었다.

노트북 표면에는 이빨로 한입깨문 사과모양의 마크가 그려져 있었다. 상당히 값비싼 제품이긴 했지만 목숨과 바꿀 정도는 아니라 생각했다.

"지금 그런 거 챙길 데가 아니라니까요? 정신 있는 거예요?"

"알아요. 미안해요. 근데 안에 진짜 중요한 파일이 들어 있어요."

중요한 것이란 바로 소설의 설정집이었다. 태랑의 추측이 옳다면 그것은 앞으로의 미래가 적힌 예언서가 될지도 모를 일이었다. 본인의 불확실한 기억보다 문서로 정리해둔 파일속에 훨씬 많은 데이터가 담겨 있을 것이다.

두 사람이 고시원 밖으로 나왔을 땐 위에서 봤던 몬스터가 다행히 다른 곳으로 자릴 옮긴 상태였다.

신림동 골목길은 매일 보던 풍경이 아니었다. 하루아침에 전쟁터에 내던져진 기분이랄까? 곳곳에서 연기가 피어오르고, 응급차의 사이렌 소리, 심지어 총성까지 들려왔다.

'총이라고? 분명 총은 통하지 않을 텐데….'

괴수에게 인간의 무기는 통하지 않는다.

오로지 각성한 이후에만 괴수를 타격할 수 있다.

"진짜 난리도 아니네요. 대체 지금 무슨 일이 벌어지고 있는 거죠?"

"도시가 폭격이라도 맞은 것 같아요."

"이것봐요. 통신도 다 끊어졌어요. 태랑씨도 핸드폰 수신 안 뜨죠? 기지국이 박살났나봐요."

"정말 그렇네."

"저희 부모님은 지금 미국에 계세요. 아버지가 안식년을 맞아 1년간 같이 나가셨거든요. 그래서 당장은 친척이 있는 인천쪽으로 가려구요 태랑씨는 어떡하실 거예요?"

태랑은 잠시 생각에 잠겼다.

기억에 의하면 가족이 살고 있는 대한민국 남쪽 지방은 운 좋게 초기 몬스터 침공에 빗겨갈 수 있었다.

한반도의 경우 북한 전 지역 그리고 서울 경기를 포함한 강원도 북부 지역에 주로 몬스터가 떨어졌다. 인구의 절반이 모인 수도권이 초토화되는 바람에 특히 피해가 컸다.

그러다 불현듯 뭔가 떠올랐다.

"지금 인천에 가시면 안 됩니다."

"네? 갑자기 그게 무슨 말이에요?"

인천은 '몬스터 인베이젼' 첫날 직격탄을 맞은 곳이다. 인천 앞바다에 등장한 바다괴수 모히베스가 일으킨 쓰나미로 도시 전체가 재앙에 가까운 타격을 입었다. 쓰나미의 파도를 타고 뭍으로 올라온 인어괴수들은 닥치는 대로 사람들을 잡아먹었다.

태랑은 자세히 설명해 봐야 미친놈 취급을 받을 것 같았으므로 적당히 둘러댔다.

"대체 뭘 타고 거길 가려구요? 지하철? 버스? 도로고 전기고 죄다 끊길 거예요. 이동하다 괴물들한테 잡아먹힐지도 모르구요. 일단 제 생각엔 안전한 곳으로 대피해 있는 편이 좋을 것 같아요."

유화가 들어보니 일리가 있는 말이었다. 당장 부모님께 갈 순 없으니 가까운 친척집에라도 피신해 있으려고 했지만 이런 난리통에 서울에서 인천까지 간다는 것은 확실히 무리였다.

"그럼 대체 안전한 곳은 어딘데요?"

태랑은 다급히 머리를 굴렸다. 자신은 분명 미래를 알고 있다. 일주일이나 계속됐던 꿈이다. 많은 사람들이 죽었지만 서울에도 분명 생존자는 존재했다.

놈들이 전혀 올 것 같지 않은 곳. 그곳은 바로 사람이 별로 없는 장소다.

"산! 산으로 가야해요. 우리 관악산으로 가요"

"네? 기껏 가자는 곳이 관악산이에요?"

유화가 반발하는 것은 당연했다.

그녀는 몬스터의 습성에 대해 전혀 알지 못했다. 그러나 태랑은 침착하게 유화를 설득했다. 그녀가 자신에게 호의를 베풀어서 만은 아니었다.

각성을 마친 유화가 몬스터와의 항쟁에서 엄청난 활약을 할 것을 미리 알기 때문이었다.

"놈들이 사람을 잡아먹는다 그랬죠? 그렇담 인적이 드문 곳일수록 안전할 거예요. 놈들도 사람이 많은 쪽으로 몰려갈 거 아니에요? 이럴 땐 뭉치수록 위험하다구요."

태랑이 절절한 눈빛으로 소리치자 유화는 혼란스러웠다. 분명 옥상 한구석에 찌그러져 있을 때만 해도 모든 걸 자포자기한 눈빛이었는데, 어느 순간 태랑은 확 달라져 있었다.

아마 노트북을 들고 나온 이후였을 것이다.

마치 뭔가를 알고 있는 사람처럼….

어차피 지금 상황에선 무슨 선택을 하던 도박이다.

"…알겠으니 손 좀 놔줘요. 너무 세게 잡잖아요."

머쓱해진 태랑이 황급히 손을 뗐다.

그러나 보면 볼수록 신기한 일이었다. 소설속의 등장인물 유화가 자기와 같은 고시원에 살고 있었다니! 그녀의 등장은 분명 계시임에 틀림없었다.

다행히 신림동 고시촌에서 관악산까진 아주 먼 거리는 아니었다. 지나가면서 마주친 사람들은 꽉 막힌 도로에 차를 버리고 걷고 있거나, 콘크리트 건물을 찾아 들어가고 있었다. 수많은 인파들이 잔뜩 겁에 질려있는 모습은 종말의 날을 실감케 했다.

"젊은이들! 어디 건물에라도 피신해 있게! 길거린 위험하다구! 하늘에서 떨어진 괴물들이 사람을 잡아먹고 있어. 대체 군대는 이럴 때 어디서 뭐하는 거야! 이러라고 세금으로 월급 주는거 아냐?"

지나가던 중년 남성이 소리쳤다.

'아니다. 아파트 같은 건물은 당장은 안전해 보여도 오히려 위험하기 짝이 없어. 그런 곳은 괴수 입장에선 먹이가 가득 찬 통조림이나 마찬가지야.'

경고라고 해주고 싶었지만 당장 자신이 할 수 있는 일은 없었다. 각성이 시작되려면 아직도 3일이란 시간이 필요했다.

'몬스터 인베이젼'으로부터 3일 후, 그때까지 살아남은 인류는 생존에 대한 보상처럼 특수한 능력을 부여받게 된다.

비로소 몬스터와 싸울 채비를 갖추게 되는 것이다.

'유화의 능력은 이미 알고 있다. 아니 소설에 등장하는 주연급 등장인물들… 이들이 유화처럼 정말로 실존하는 존재라면 나는 뛰어난 각성자의 상당수를 미리 알고 있는 셈이다. 하지만 소설 속에는 태랑이란 인물이 없었어. 혹시 나는 비중없는 캐릭터일까? 대체 내 능력은 뭐지?'

"지금 무슨 생각해요?"

"아니에요, 아무것도. 우리 호수 공원에 좀 들러요."

"네? 호수 공원? 괴수가 찾지 못하게 정상으로 올라가자면서요?"

"위에서 최소 3일간 숨어 지내야 해요. 저번에 왔을 때 호수공원 부근에 사람들이 텐트 쳐놓고 노는 걸 봤어요. 거기서 캠핑 장비를 구해와야 할 것 같아요."

잠자코 따르던 유화도 더 이상 참기 힘들었다.

"지금 무슨 소리 하시는 거예요! 캠핑? 3일간 숨어요? 제 정신인 거 맞아요?"

"잠깐-! 지금 뭔가…."

"대체 뭐요!"

"빌어먹을 … 괴수에요."

"괴… 네?"

갑자기 진한 송장 냄새가 확- 풍겨왔다.

300미터 근방까지 냄새를 풍긴다는 '썩은 사냥개' 라는 이름의 몬스터였다. 태랑은 특유의 고약한 냄새로 괴수의 출현을 미리 알아 차렸다.

응당 그럴 수밖에 없었다. 괴수에게 이름을 붙인 것도, 특성을 부여한 것도 바로 자기 자신이었으니까.

비현실적인 현실에 태랑의 팔뚝에 소름이 돋았다. 각성 전에는 몬스터를 상대할 어떤 방법도 없다.

"괴수가 어딨어요? 난 안 보이는데?"

"지금 송장 냄새 나죠? 이건 근방에 '썩은 사냥개' 가 있다는 소리에요. 놈의 몸엔 전염병이 드글드글 해 발톱만 스쳐도 구더기가 끓는 병에 걸려요. 맷집도 엄청나서 각성자의 공격에도 쉽게 죽지 않구요."

"썩은 사냥개? 각성자?"

"당연히 제 말이 안 믿어지겠죠. 혼란스러울 거라는 거 알아요. 하지만 거짓이 아니라는 걸 증명해 보일게요. 잠시 후 불곰처럼 생긴 괴수가 녹색의 오라를 뿜어대면서 저희한테 다가올 거예요."

유화가 흠칫 몸을 떨었다.

"다, 달아나야죠 그럼."

"안 돼요. 늦었어요. 도망친다고 벗어날 수 있는 거리가 아니에요."

"그럼 어떻게 하죠?"

"일단 놈이 나타나면 절대로 숨을 쉬어선 안 돼요. 썩은 사냥개는 사람이 내뱉는 이산화탄소에 반응해요. 대신 눈이 어두워서 숨을 참고 있으면 바로 앞에 있어도 몰라요."

"태랑씨 정말이지 이건…."

"쉿-! 놈이 오는 거 같아요. 절대 입 열면 안돼요. 알겠죠?"

태랑의 말을 못 미더워하던 유화는 정면을 보고 거의 졸도할 뻔 했다. 뉴스 화면으로만 접했던 '괴수'가 정말로 눈앞에 등장한 것이었다.

썩은 사냥개는 태랑의 묘사처럼 거대한 불곰을 닮아 있었다. 전신에서 암녹색의 불길한 기운을 뿜어댔는데, 그것이 태랑이 말한 '오러'인 것 같았다.

썩은 사냥개가 다가오자 태랑은 한손으로 입을 막고 나머지 손으로 코를 잡았다. 그녀는 반신반의하면서도 태랑의 동작을 따라했다. 어차피 지금 도망쳐도 벗어나긴 요원한 일.

그의 대처가 맞기를 기도할 뿐이었다.

썩은 사냥개는 두 사람의 지척까지 다가왔다.

코를 틀어막고 있는데도 밀려 들어오는 시체 냄새에 유화의 심장이 폭발할 것 같았다. 썩은 사냥개의 입 주위는 온통 피칠갑이 되어 있었다. 벌써 많은 사람을 잡아먹은 흔적이었다.

가까이서 처음 마주치는 괴수에 태랑은 겁이 났지만, 유화를 보며 눈빛을 보냈다.

-절대, 숨 쉬어선 안돼요.

점차 호흡이 가빠져 왔다. 얼굴은 시뻘게지고 머리가 어지러웠다. 더 이상 숨을 못 참을 것 같았다.

그때 다른 먹잇감을 감지했는지 썩은 사냥개가 엄청난 속도로 질주를 시작했다. 곰 같은 덩치에도 그 속도는 치타를 방불케 했다. 물리적으로 불가능한 움직임.

두 사람은 놈이 사라진 한참 후에서야 숨을 몰아쉬었다.

"푸하-헉헉 숨 막혀 죽는 줄 알았네."

"헉-헉-태, 태랑씨 저게 뭐에요?"

"말했잖아요. 썩은 사냥개라고."

"아니 그걸 어떻게 알고 있는 건데요? 태랑씨도 분명 처음 봤을 거 아니에요?"

"자세한 건 나중에 말해줄게요. 일단은 산속으로 피신해야 돼요. 아참, 텐트부터 챙기고."

호수공원은 텅텅 비어 있었다. 뉴스 속보를 듣고 사람들이 대피한 탓에 주위에 빈 텐트들만 가득했다. 태랑은 아직 펼치지 않은 텐트세트를 발견하고, 음식이 가득 찬 아이스박스도 하나 챙겼다.

"둘이 아껴먹는다면 3일 정돈 충분히 버틸 수 있겠어요."

"혹시 3일을 버티고 나면 괴수가 사라지나요?"

어느새 유화는 태랑의 말을 믿고 있었다. 썩은 사냥개가 등장하기 전까진 미친 사람의 헛소리로 치부했지만, 그의 말이 현실이 되자 그가 마치 예언자처럼 느껴졌던 것이다.

하늘에서 괴수가 쏟아져 내리는 세상이다. 예언자라고 없을 건 뭔가? 절망적인 상황에 놓이다 보니 이성보다는 신앙 같은 것에 기대고 싶은 마음이 앞섰다.

"아니요. 놈들은 3일이 지나도 사라지지 않아요."

"그럼요? 3일만 버티면 된다는 건 무슨 소린데요? 3일 뒤엔 대체 무슨 일이 벌어지죠?"

태랑은 어디까지 말해야 할지 고민했다. 그 자신도 아직 지금의 현실이 소설 속 상황과 일치한다고 확신할 순 없었다. 다만 하늘에 열린 커다란 구멍, 사람을 거리낌 없이 잡아먹는 몬스터 등을 보고 끼워 맞춘 것 뿐이다.

"…살아남은 사람들에겐 괴물을 물리칠 수 있는 능력이 생길 거에요."

"능력이라뇨? 초능력 같은 거?"

"그래요. 비유자하면. 그리고 어쩌면 나는 그 능력을 남들보다 일찍 받은 것도 같아요."

"태랑씨 능력이 뭔데요?"

포식의
군주 1

"예지, 미래를 보는 능력."

태랑이 캠핑 장비가 담긴 커다란 백팩을 들쳐 매며 대답했다.

❖ ❖ ❖

두 사람은 열심히 관악산을 오르고 있었다. 평소 많은 사람이 찾는 등산로지만 지금은 오직 둘 뿐이었다. 괴수가 침략한 와중에 등산을 다니는 정신 나간 사람은 없었다.

"근데 정말 예지능력이 생겼어요?"

적막이 짓누르는 불안감에 유화가 말을 걸어왔다. 뭐라도 떠들면 조금은 진정될 것 같은 기분이었다.

"실은 꿈에서 봤어요."

"꿈이요?"

"네. 오늘 이 광경, 꿈에서 봤어요. 2개월 전쯤에."

"자세히 말해줘요. 그 꿈 얘기. 아니 뭐라도 상관없으니 아무 말이나 해주세요. 나 사실 너무 무서워요."

한쪽 어깨에 아이스박스를 메고 가는 유화는, 금방이라도 울 것 같은 표정이었다. 문득 태랑은 위화감이 들었다.

인물설정에 의하면 유화는 누구보다 강한 여전사다. 그녀에게 이토록 여린 면이 있었던가?

-뛰어난 운동신경으로 고등학교 때까지 배구선수를 했으나, 더 이상 키가 자라지 않아 그만 둠. 대학교는 경호학과를 나왔고 경찰시험을 준비하던 중 몬스터 인베이젼을 겪게 됨.

그것이 자신이 기억하는 그녀의 캐릭터 배경이다. 유화를 꿈에서 보긴 했지만 그녀에 대한 정보가 오롯이 꿈을 통해 알게 된 것인지, 아니면 자신이 상상력을 가미해 창조해 낸 인물인지 분간이 가질 않았다.

태랑은 테스트를 해보기로 했다.

"유화씨 어렸을 때 운동배웠었죠, 고등학교때까지."

"네?"

"제가 한번 맞춰볼게요."

"……"

유화가 침을 꿀꺽 삼켰다.

"배구, 맞아요?"

"그걸 어떻게 아셨어요?"

세상에! 정말이다! 맞춘 태랑이 오히려 놀랜 눈치였다.

그녀의 배경은 캐릭터 설정집 그대로였다.

"…포지션은 중학교 때까지 라이트. 하지만 성장이 멈추는 바람에 수비수로 전향했고 끝내는 운동을 그만 뒀죠."

"어, 어떻게 그걸?"

"대학 때 전공은 경호학과. 태권도는 3단, 유도 1단,

합기도 1단. 도합 5단. 종합격투기도 살짝 배웠구요."

"설마 제 뒷조사 한거에요?"

"경호원이 되는 건 대학교수인 아버지의 반대로 포기. 대신 경찰이 되기로 했죠. 그래서 고시원에서 경찰 시험 준비를 하던 중…."

"그만."

유화가 소리쳤다.

"알겠어요. 당신에게 특별한 능력이 있다는 걸 믿을 테니까 이제 그만해요. 저 지금 소름 돋을려 해요. 막 발가벗겨진 기분이라구요."

"미안해요."

그러나 태랑은 흥분을 감출 수 없었다.

소설에 나온 괴수의 특징, 등장인물, 그리고 벌어지는 사건들 까지 모든 게 일치했다.

자신은 확실히 미래를 본 것이다.

"좋아요. 태랑씨가 미래를 알 수 있다고 쳐요. 아니 과거도 모두 안다 치자구요. 그럼 우린 이제 당장 어떡하면 되죠?"

"…그것까진 아직 잘 모르겠어요."

"네? 그 예지능력이란 걸로 알 수 없어요?"

"네."

문제는 그것이다.

자신의 소설 속엔 '태랑'이란 인물이 없었다. 더구나 몬스터 인베이젼은 소설 초반부 스쳐지나가는 프롤로그에 불과했다. 자신이 그 배경 속으로 들어가리라곤 상상조차 한 적 없었다.

또 그는 소설 전체를 집필한게 아니고, 플롯과 세부설정만을 짜놓았을 뿐이다. 주요한 사건흐름 정도는 알고 있지만, 자신이 앞으로 뭘 해야 하는지 도무지 알 수 없었다.

"그럼 이제 어쩌죠?"

"당장 목표는 3일 동안 어떻게든 살아남는 겁니다. 제가 꾼 꿈에선 3일 사이 전 인류의 1/3이 사라져요. 그러니까 우리는 살아남는 나머지에 들어야 하겠죠."

"삼분의 일씩이나? 설마 괴수가 먹어 치워서요?"

"아니요. 그런 것도 있고, 괴수를 잡아보겠다고 군부대가 도시를 무차별로 폭격하는 통에 많은 사람이 희생 되거든요. 함포도 쏘고 미사일도 떨어뜨리고… 심지어 북한은 핵미사일까지 날려버리죠. 거긴 독재국가라 지도자의 결심을 막을 브레이크가 없었으니까. 근데 그렇게 해도 괴수는 죽지 않았어요. 그들에겐 인간의 무기가 통하지 않거든요."

"핵? 핵을 쏴도 안 죽는다구요?"

"네. 그 때문에 북한 지역은 도무지 사람이 살 수 없는 땅이 되요. 방사능 피폭 때문에…"

"아까 근데 각성자 어쩌고 했잖아요. 혹시 각성자라는 사람들은 괴수를 죽일 수 있나요?"

"맞아요. 3일이 지나고 나면 살아남은 인류에게 보상 같은 능력이 생겨나요. 능력은 크게 특성과 스킬, 그리고 포스와 쉴드로 나뉘죠."

"무슨 말인지 모르겠어요. 알아 듣기 쉽게 설명해 줘요."

"간단히 설명하면 특성은 개개인이 갖게 되는 고유 능력을 말해요. 스킬은 괴수를 해치웠을 때 랜덤하게 배울 수 있는 마법이나 공격기술. 그리고 포스는 몬스터를 타격할 수 있게 하는 힘이고, 쉴드는 쉽게 말해 생명력이죠."

"잠깐만요. 천천히 좀. 하나도 못 알아 듣겠어요. 지금 게임얘기 하는 거 아니죠?"

"저도 처음엔 그렇게 생각했어요. 세상이 마치 게임 같이 변했다고. 어쨌든 차근히 설명 할 테니까 잘 들어봐요."

두 사람은 관악산 정상을 향해 오르며 3일 후 변화될 세상에 대해 이야기했다.

주로 태랑이 말하고 유화가 중간 중간 질문하는 구도였다.

우선, 몬스터에겐 인간이 만든 무기가 통하지 않는다.

그것이 총이건 칼이건 심지어 핵미사일이건 마찬가지다. 단단한 외피 때문이 아니다. 그냥 유령을 통과하듯 투과해 버린다.

반면 괴수가 행하는 모든 공격은 통용된다. 사기에 가까운 불균형. 그러나 3일이 지나고, 각성된 인류가 포스(Force)를 사용하게 되면 다시 균형이 맞춰진다.

각성자가 물체에 포스를 입히면 몬스터를 타격할 수 있다.

포스를 주먹에 씌우면 주먹이 닿고, 칼에 뒤덮으면 칼로 벨 수도 있었다. 심지어 총알에 씌우면 총알도 박혔다.

물론 포스를 씌울 수 있는 물체의 크기에는 제약이 있다. 포스의 양 또한 한정되어 있고, 사용 후엔 반드시 회복이 필요하다. 포스를 늘리기 위해선 딱 한 가지 방법밖에 없었다.

"바로 몬스터를 죽이면 되요."

"죽여요?"

몬스터를 공격해 죽이면 해당 몬스터 시체는 소멸되고 한줌의 빛무리로 변한다. 그리고 몬스터를 죽이는데 기여한 정도에 따라 공격자들에게 차등적으로 흡수된다.

"그 빛덩어리를 '차크라'라고 불려요. 붉은 차크라는 포스를 강화시켜주죠."

"그럼 혼자서 해치울 수 없는 괴물이라도 협동해 죽일 수 있는 거네요?"

"맞아요. 정확하게 싸움에 기여한 만큼만 흡수가 되니까요. 하지만 차크라를 나눠가지면 성장 속도는 느려지죠."

"쉴드는 뭐에요?"

쉴드는 각성후 인간을 둘러싼 무형의 기운을 말한다. 괴수의 이빨은 강인하고, 발톱은 날카롭다. 보통의 인간은 한순간에 종잇장처럼 찢겨나간다. 그러나 쉴드가 생기면 공격을 버틸 수 있다. 일종의 방어막인 셈이다.

"하지만 쉴드에도 한계가 있어요. 몬스터에게 지속적으로 공격을 받으면 쉴드가 깎여나가죠. 쉴드가 사라진 각성자는 보통의 인간이나 다를 바 없어요."

"그럼 쉴드는 어떻게 키우는 데요?"

"똑같아요. 괴수를 처지 했을 때 파란 빛의 차크라가 나오면 그것은 쉴드를 강화시켜줘요."

"혹시 괴수마다 나오는 차크라가 다른가요?"

"어느 정도 경향성은 있지만 완벽히 예측할 순 없어요. 가끔 녹색의 차크라가 나오기도 하구요."

"녹색? 그건 또 뭐예요?"

"스킬을 강화하는 차크라요."

"스킬은 또 뭔데요?"

스킬은 한마디로 공격 기술이다. 예를 들어 '파이어볼'이라는 스킬을 얻게 되면 해당 각성자는 그때부터 손에서 불덩이를 집어 던질 수 있게 된다.

스킬은 드물게 나오는데다 완전한 랜덤이기 때문에 처음부터 얻을 순 없고, 괴물을 사냥해 습득하거나 아티펙트라 불리는 특수한 장비를 통해야 했다.

여러 가지 스킬을 다양하게 배우는 것도 가능하지만 대게는 몇 가지 스킬을 계속 강화하는 편이 효율적이었다.

"하지만 스킬 또한 포스를 사용해요. 포스가 바닥나면 몬스터를 공격할 수단이 없기 때문에 아껴 써야 하죠."

"뭔가 복잡하네요. 마지막으로 특성은 뭐에요?"

"특성은 말이죠."

특성.

그것은 각성자 사이에 상하를 구분 짓는 놀라운 권능이다.

지상에 존재하는 특성만 수만가지.

가령 '불놀이 꾼'이라는 특성을 예로 들면 다음과 같다.

해당 특성은 화염계열 스킬의 위력을 2배로 올려주며 포스 소모를 절반으로 줄여준다. 이 특성을 가진 자가 화염계열의 스킬을 연마하게 되면 누구보다 빠르게 강해질 수 있다.

그에 비해 '비장의 일격'이란 특성은 정말 쓸모없다. 죽음에 달하는 피해를 입었을 때만 포스의 파워를 10배로 폭주시키는 특성이기 때문이다. 한 마디로 죽기 직전까진 아무런 효력이 없었다.

이처럼 특성은 종류마다 다르고 제각각이었으므로 주어진 특성에 따라 각성자의 우열이 확연하게 갈라놓았다. 그리고 이렇게 랜덤으로 부여되는 특성의 가장 큰 문제는…

"맨이터(Man-Eater)들이죠."

"네? 식인종이요?"

"아뇨. 그런 의미가 아니고, 맨이터 역시 각성자에요."

"각성자는 인간이라면서요?"

"맞아요. 인간이지만 같은 인간을 죽이는 변절자들이
죠."

"잠깐만요. 사람이 사람을 죽인다구요?"

"네. 사람이 사람을 죽여도 차크라를 얻을 수가 있거든
요."

"네?!"

"몬스터만 해당되는 게 아니에요. 죽고 나면 차크라를
떨구는 건 몬스터나, 사람이나 마찬가지에요. 좋은 특성을
부여받아 빠르게 성장한 각성자 중엔 고의로 사람사냥을
하고 다니는 놈들이 생겨나요. 어쩌면 몬스터보다 상대적
으로 약한 사람을 찾아 죽이는 게 더 안전할 수도 있으니
까. 그런 놈들을 맨이터라 불러요."

"세상에… 미쳤어. 완전히."

그래. 미쳤다. 유화 말이 맞다.

그가 그린 소설의 배경은 피와 광기로 얼룩진 디스토피
아였다. 3일 만에 20억이 넘는 인구가 죽는다. 정체를 알
수 없는 괴수들이 산채로 인간을 뜯어먹는다.

기존의 모든 질서가 무너지고, 문명세계 이전의 약육

강식의 세상으로 되돌아간다. 정부와 화폐가 유명무실해지고, 치안과 질서는 온데간데없다.

살기위해 누군가를 죽이고, 갈취하고, 약탈하는 것이 당연하게 여겨지는 세상.

그런 세상에서 과연 미치지 않을 자는 누구인가?

"…좋은 특성을 받는 것은 무엇보다 중요해요. 아니면 활용법이라도 빨리 찾아야겠죠. 쓸모없다고 생각되더라도 주변 상황에 따라 엄청 좋을 수도 있거든요."

"혹시…."

무거운 아이스박스 가방을 반대편 어깨로 옮겨 멘 유화가 조심스럽게 물어왔다.

"혹시 제 특성이 뭔지 알 수 있나요? 그 예지 능력으로…."

당연히 알고 있다. 그녀는 소설에 등장하는 각성자 중에서 손꼽히게 강한 인물 중 하나다. 이름과 배경까지 완벽하게 조형된 캐릭터는 극히 드물었다. 그중 한명이다.

"근접전 마스터."

"네? 그게 뭐에요?"

근접전 마스터.

그녀가 가진 특성은 맨몸으로 싸울 경우 가진 포스의 5배 위력을 발휘하는 최강의 특성이다. 5라는 곱연산 수치는 수백 가지가 넘는 적성 특성 중에서 사기적인 계수.

자신이 배운 격투기에 딱 들어맞는 특성은 그녀를 단기간에 상위 각성자로 만들었고, 이후 여러 아티펙트를 선점함으로써 급성장하는 발판이 되었다.

"그거 좋은 건가요?"

"네. 좋아요. 엄청."

"아직 체감은 잘 안 되는데… 혹시 태랑씨 특성은 뭔지 물어봐도 되요? 정말 예지능력인가요?

"저요?"

아니. 아닐 것이다.

인류의 각성은 아직 시작도 하지 않았다. 그가 꾸민 세계관에 따르면 자신 역시 아직 특성을 부여받지 못했을 것이다.

부여받은 특성을 확인하려면 왼쪽 귀를 만졌을 때 홀로그램에 상태창이 나타나야 하는데, 몇 번을 시도해도 그런 징후는 없었다.

지금 미래를 알 수 있는 건 그가 꿈에서 미래를 보았고, 그것으로 플롯을 짜고 설정집을 만들면서 일부를 기억하기 때문이었다.

"…솔직히 잘 모르겠어요."

"모른다구요? 혹시 중이 제 머리 못 깎는 그런 건가요?"

"아니 뭐, 저라고 모든 걸 다 알 수 있는 건 아니니까. 당장 3일 동안 무슨 일이 벌어질지도 모르고."

"아….."

유화가 아쉬운 탄성을 쏟았다. 답답하기는 태랑이 더 했다.

꿈속에서 태랑이란 인물은 없었다. 혹시 있더라도 이름이 부여되지 않을 정도로 어중간한 인물일 것이다.

때문에 자신이 무슨 특성을 받게 될지도 알 길이 없었다.

"질문이 많아서 미안해요. 마지막으로 한 가지만 더 물어 볼게요. 인류는 살아남을 순 있는 건가요? 미래를 봤다고 했잖아요."

태랑은 일주일간 계속된 꿈의 마지막 부분을 떠올렸다.

영웅들이 최후의 결전을 앞둔 상황.

그러나 곧 하얀 빛 무리에 휩싸이고 꿈은 거기서 끝이 난다. 그가 알고 있는 미래는 딱 거기까지였다.

뒷이야기는 아직 정해지지 않았다.

"…살아남아요."

"정말요?

"네. 그렇게 되요. 반드시."

소설의 결말을 알 수 없었지만, 태랑은 확신하듯 대답했다.

"아니, 아니 그쪽 말고 반대쪽 잡아야죠."

"이렇게요?"

"아휴 참. 무슨 남자가 텐트도 하나 못 친담?"

산에 오르기 전만해도 두 사람은 보호자와 피보호자 입장이었다. 모든 결정은 태랑의 몫이었으며 유화는 살기위해 태랑을 따라나선 가냘픈 아가씨에 불과했다.

그러나 적당한 곳을 찾아 텐트를 펼치기 시작했을 때 둘의 관계는 금세 역전되고 말았다.

애초에 태랑은 아웃도어랑은 거리가 멀었다. 글 쓰는 사람들이 그러하듯 전형적인 은둔형 스타일.

컴퓨터 게임을 즐기고, 책읽기나 좋아할 뿐 캠핑 떠나 본지가 어언 20년도 전이었다. 군대에서 보직조차 1호차 운전병으로 훈련 때 24인용 텐트를 칠적에도 차량대기 하느라 먼발치서 구경한 게 전부였다.

유화는 정반대였다. 어려서부터 운동신경이 남달라 안배워 본 운동이 없었다. 초등학교 땐 시의 계주대표였고, 중학교에 가선 수영선수 전향 권유도 받았다.

배구선수를 꿈꾸다 접었지만, 실력이 모자라서는 결코 아니었다. 단지 163이란 키가 모자랐을 뿐.

배구를 그만둬도 그녀는 운동을 그치지 않았다. 움직이지 않으면 좀이 쑤시는 성격 탓에 취미로 시작한 태권도는 어느새 3단에 이르렀다.

관장님의 권유로 경호학과에 진학한 뒤에는 더욱 다양한 무도를 섭렵했다. 유도, 합기도를 배우고 나중엔 종합격투기에 손을 댔다.

겁이 없고 승부욕이 남달라 투기종목이 적성에 맞았다.

남자들과 자주 어울리다 보니 낚시나 캠핑 같은 활동도 자주 따라 다녔다.

"아으. 진짜, 태랑씨 그렇게 안 봤는데…."

"아니 남자가 텐트 좀 못 칠 수 있지."

태랑은 태랑대로 억울했다. 남자라고 다 텐트 칠 줄 알아야 하나? 이거야 말로 성차별이다.

'아침마다 다른 텐트는 잘만 치는구만….'

물론 그 말을 입 밖에 꺼낼 순 없었다.

유화의 노력으로 텐트가 겨우 완성되었다. 어느덧 해가 떨어졌다. 태랑은 캠핑장비가 들어있던 가방에서 LED플래쉬를 찾았다. 다만 건전지가 하나뿐이라 얼마나 갈지 장담할 순 없었다.

"배고프죠?"

"네. 조금요."

"저녁 먹을까요?"

"그래요."

"근데 참 신기하지 않아요?"

"뭐가요?"

태랑이 말했다.

"하늘에서 몬스터가 내려와 사람을 잡아먹는 순간에도 배가 고프잖아요."

"……."

유화가 말없이 쳐다보자 머쓱해진 태랑이 혼자 중얼거렸다.

"아이고, 내가 뭔 얘기를… 우리 식사나 해요. 아까 텐트 촌에 들렀을 때 라면이 떨어져 있길래 집어왔어요. 물은 아이스박스에 있는 생수를 쓰면 될 거고 버너가 어디 있더라."

"태랑씨는…."

유화가 살짝 말을 끌었다.

"…적응력이 참 좋은가봐요."

"제가요?"

그녀는 머뭇거리다 작심한 듯 말을 쏟아냈다.

"사실 별말 안했지만 전 아직도 가슴 떨려 죽겠거든요. 전쟁이 벌어져도 이것보단 덜 끔찍할 거잖아요. 최소한 전쟁은 사람이 하는 일이니까. 그런데 이건… 이건 정말 이지 말도 안 돼요. 근데 태랑씨는 어떻게 담담할 수 있어요? 어떻게 그렇게 침착하죠?"

태랑은 눈물이 글썽거리는 유화를 말없이 바라보았다.

"…저 솔직히 웬만한 남자들보다 배짱 좋단 얘기 많이 듣고 자랐어요. 여자가 담배나 핀다고 시비 걸다가 저한테 맞았던 사람도 있구요, 자랑은 아니지만 싸워서 져본 적도 별로 없어요. 그런데 이건 정말….”

유화는 끝내 울음을 터뜨렸다. 태랑이 별다른 말없이 그녀를 감싸주었다. 부들부들 떨고 있는 유화를 보자 자신도 모르게 안아줘야겠다는 생각이 들었다.

당연히 무서울 것이다.

억지로 눌러왔던 긴장이, 정상에 올라 텐트까지 치고 난 안도감에 뚝방이 터지듯 와르르 무너져 버린 것이리라.

“무, 무슨….”

평소 안면은 있었다지만 그래도 오늘 통성명 한 사인데 갑자기 포옹이라니….

“잠시만 이대로 있어요. 잠시만….”

떨리던 유화의 몸이 서서히 잦아들었다.

태랑이 우는 아이를 달래듯 그녀의 등을 토닥였다.

“많이 놀랐겠네요. 몰라봐서 미안해요. 너무 씩씩해서 아무렇지 않은 줄 알았어요. 유화씨가 겁내는 건 당연해요. 솔직히 저도 무섭거든요.”

“…태랑씨도요?”

“네. 당연하죠. 누가 이런 상황에서 태연할 수 있겠어요.”

“하도 티를 안 내시니까….”

“아마도… 익숙하기 때문일 거예요.”

“익숙하다구요?”

포심의
군주 1

"지금 이 상황은 제가 2개월 전에 일주일동안 꿈에서 봐 왔던 것들이에요. 그래서인지 굉장히 익숙했어요."

"…알았어요. 이제 놔줘요."

유화가 태랑의 가슴을 슬쩍 밀쳤다. 땅거미가 지는 어둠 속에 빨갛게 달아오른 그녀의 얼굴이 감춰졌다.

"이제 좀 진정 됐어요?"

"…네. 괜찮아요."

"그럼 라면이나 먹을까요 우리?"

라면을 끓여 먹는 동안 두 사람은 거의 말이 없었다. 관 악산 정상에 천천히 어둠이 내려앉았다.

비좁은 텐트 안.

천장에 걸린 플래쉬가 조명 역할을 하고 있었다. 침낭 깊이 몸을 집어넣고 지퍼를 끌어 올린 유화의 모습은 누에 고치를 연상시켰다.

"미리 경고하는데 저 사정 봐주는 타입아니에요. 아시겠 죠?"

그녀는 침낭 위로 얼굴만 빼꼼 내밀고 짐짓 무서운 표정 을 짓고 있었다.

"알았어요."

"종합격투기 룰로 남자랑 대련 할 때 미들급까지 이겨 봤어요. MMA라고 들어봤죠? 암바 같은 기술 끝까지 들어 가면 정말로 팔이 부러진다구요. 그러니까⋯."

"글쎄 알았어요. 유화씨, 저 유화씨 털끝만큼도 안 건드 릴 테니까 안심하고 주무세요. 정 못 미더우면 제가 나가서 잘까요? 야외취침이라도 해요?"

아무리 저녁 날씨가 선선하다 한들 텐트 밖은 아직 추웠 다. 유화는 짜증 섞인 태랑의 반응에 자신이 유난하게 굴었 음을 깨달았다.

지금은 긴급사태고, 좁은 텐트에 낯선 남녀 둘이 묵게 된 건 의도치 않은 상황이다.

한마디로 오버다.

"미, 미안해요. 꼭 그런 의미가 아니고⋯."

"불 끌게요."

태랑은 침낭에서 몸을 빼 텐트천장에 걸린 플래쉬를 껐 다. 순식간에 사위가 컴컴해졌다. 텐트를 뚫고 들어오는 은은한 달빛만이 약간의 시야를 허용했다.

등 돌린 태랑을 보며 유화가 조심스럽게 물었다.

"태랑씨⋯ 자요?"

"아직요."

"혹시 화났어요?"

"아니요."

"정말 화난 거 아니죠? 제가 무턱대고 의심해서…."

"화 진짜 안 났어요. 제가 유화씨 입장이라도 충분히 부담스러울 상황 같아요. 솔직히 잘 알던 사이도 아니잖아요. 우리."

"…죄송해요."

"아니에요. 근데 안 추워요? 날씨가 제법 쌀쌀한데."

"네? 네. 그냥 조금."

"추우시면 제 침낭 쓰실래요? 저는 외피만 덮고 자도 괜찮은데…."

태랑의 배려에 유화는 더더욱 미안해졌다. 평소 운동하는 남자 선배들과 합숙훈련을 가선 아무렇지도 않게 혼숙도 했는데… 태랑과 한 텐트에 자는 게 왜 그렇게 부끄러운 마음이 드는지 이해할 수 없었다.

'내가 너무 과민했나….'

경찰시험 준비를 할 때 배운 무죄추정의 원칙이 떠올랐다.

그를 다짜고짜 잠재적 범죄자로 취급한 것이 미안해졌다. 그래서 평소라면 전혀 하지 않았을 것 같은 말을 꺼내고 말았다.

"같이 옆에서 붙어 자면 좀 따뜻하지 않을까요?"

"…네?"

"아니 어차피 침낭 안에 있으니까… 굳이 떨어져 잘 필욘 없잖아요. 태랑씨도 나쁜 사람 아니라면서요."

태랑은 왠지 낯 뜨거웠으나 민망해 할 유화를 생각하니 도저히 거절할 수 없었다.

"그래요. 그럼 제가 옆으로 갈게요."

"아니 제가…."

두 사람은 침낭에 들어간 상태라 몸을 굴려 이동했다. 그러나 동시에 움직이는 바람에 가운데서 부딪히고 말았다. 얼굴이 호흡이 느껴질 정도로 가까워졌다.

"헛-"

놀란 유화가 황급히 반대 방향으로 구르려고 했지만 침낭 안에서 몸이 꼬이는 바람에 이도 저도 못하게 되었다. 몸을 돌리려고 용을 쓰느라 자꾸 입에서 이상한 신음소리가 흘러나왔다.

"아 흐읏, 아 저기 음…."

다행히 태랑이 먼저 몸을 빼며 물러섰다. 천장을 바라보는 유화의 심장이 미친 듯 쿵쾅거리기 시작했다.

"양치도 못 했는데…."

유화는 왜 그런 말을 꺼냈는지 이해할 수 없었다. 태랑의 호흡을 지근거리에서 느꼈기 때문일까? 자신의 숨결 역시 전달되었을 거란 생각에 양치를 못했을 거란 말부터 불쑥 튀어나왔다.

"좀 찝찝하죠? 내일 밑에 내려가서 칫솔이라도 찾아볼까요? 하다못해 편의점이라도…."

"위험하잖아요. 도시는."

"그럼 아까 텐트 있던 데라도. 거긴 사람 없으니 좀 낫겠죠. 사실 아까 급히 챙기느라 장비가 좀 부족해요. 플래쉬 배터리도 얼마나 갈지 모르겠고, 라면 끓일 때 보니 부탄가스도 곧 떨어질 것 같더라구요. 첨부터 꼼꼼하게 챙겼어야 했는데…."

"그래요 그럼."

"네. 내일도 바쁘겠네요. 이제 자요."

"네."

잠시 후 피곤했는지 태랑의 코고는 소리가 들려왔다.

유화는 어두운 텐트 안에서 홀로 초롱초롱 눈을 뜨고 있었다. 가슴이 떨리는 게 몬스터 때문인지, 아니면 옆에 누워있는 태랑 때문인지 분간할 수 없었다.

'아이씨… 내가 왜 이러지….'

공무원 공부를 시작하고부터는 의도적으로 남자를 멀리했다. 가끔 남자친구를 사귀고도 싶었지만, 있으면 오히려 공부에 방해가 될 것 같았다.

그러나 태랑과 하룻밤 사이에 지나치게 가까워져 버린 느낌이었다.

절망적인 상황이 빚어낸 생존 본능이었을까?

아니면 미래를 알고 있다는 능력자에게 기대고 싶은 마음?

무엇이건 이유는 알 수 없지만 한 가지는 확실했다.

그녀가 태랑을 남자로 의식하고 있다는 사실이었다.

"후—"

유화는 한숨을 내쉬며 침낭 속으로 머리를 집어넣었다. 마치 불쑥 솟아난 감정을 감추려는 것처럼.

몬스터 인베이젼 이틀 째.

관악산 기슭에서 내려 보이는 서울의 광경은 참담하기 이를 데 없었다. 간밤에 폭격이라도 맞은 것처럼 도시 곳곳에서 연기가 피어 올랐다. 가까이 다가간다면 사람들의 비명소리가 들릴 것 같았다.

"밤새 사람들 많이 죽었겠죠?"

"네. 아주 많이… 여기 서울뿐만이 아니에요. 뉴욕, 파리, 도쿄. 전 세계를 막론하고 동시에 타격을 받았어요."

"미국에 계신 부모님은 무사하실까요? 연락할 길도 없고… 걱정돼 죽겠어요."

"일단 유화씨 생각만 해야 합니다. 지금은 자기 목숨부터 챙기는 게 최우선이에요. 그래야 나중에 살아서 만나죠."

두 사람은 아침에 일어나 물티슈로 대충 얼굴을 닦았다. 그러나 찝찝함이 가시질 않았다. 갈아입을 속옷도 없는 상태로 제대로 씻지 못하니 몸에서 악취가 나는 것 같았다.

아침을 바나나로 때운 두 사람은, 몸을 가볍게 하고 산 밑으로 향했다. 우선은 어제 못 다 챙긴 도구를 확보하는 게 목표였다.

관악산 호수공원의 풍경은 어제와 똑같았다. 도심에선 난리가 벌어졌는데, 이곳은 평화로워 보이기까지 했다. 사람들은 언제쯤 콘크리트 건물보다 야외가 더 안전하다는 것을 깨닫게 될까?

둘은 주인 없는 텐트를 뒤져가며 필요한 도구들을 챙겼다. 그때 근처에서 비명소리가 들려왔다.

"으아아악! 사람 살려!"

분명 멀지 않은 곳. 두 사람은 들고 있던 물건을 내던지고 급히 숨을 곳을 찾았다. 만약 괴수가 나타난 것이라면 큰일이었다.

"텐트로 들어가요."

"네?"

"당장 숨을 곳이 없잖아요. 얼른."

태랑과 유화는 텐트에 들어가 안에서 텐트 입구를 올려 잠겼다. 태랑이 지퍼를 살짝 열어 밖을 감시했다.

괴수에 따라 먹잇감을 발견하는 방법은 천차만별이다.

태랑은 제발 괴수가 텐트에 숨은 그들을 발견할 수 없는 종류이길 기도했다.

'누군가 오고 있어.'

발소리는 점점 가까워졌다. 멀리서부터 인기척이 또렷이 느껴졌다. 잠시 후 태랑의 시선에 잡힌 것은 몬스터가 아닌 사람이었다.

모두 남녀 둘이었는데 무언가에 쫓겨 도망쳐 온 사람처럼 허둥지둥하고 있었다. 그들은 태랑과 마찬가지로 빈 텐트 안으로 몸을 숨겼다.

'저들이 몬스터라도 달고 왔음 끝장인데….'

그들이 숨은 곳은 공교롭게 태랑이 있는 텐트 맞은편이었다. 밖을 내다보고 있던 태랑은, 새로 숨어든 사람들과 눈이 마주쳤다. 태랑은 손가락을 세워 입술에 가져대며 조용히 하라는 신호를 보냈다.

한동안 숨 막히는 적막이 감돌았다.

각성이 시작되지 않는 이상, 몬스터와 대적할 방법은 없다. 지금 괴수에게 걸린다면 오로지 죽음뿐이다.

다행히 비명소리가 점차 멀어져갔다.

한참 만에 텐트로 숨어 든 남자가 문을 재치고 나왔다.

"흐따~ 골로 가블 뻔 했구마잉. 뭔 놈의 새끼가 각목으로 때려도 된통 맞질 않아븐다냐."

남자는 심한 전라도 사투리를 썼다.

깍두기처럼 각지게 깎은 짧은 헤어스타일과 팔 아래 드러난 용문신으로 그의 직업을 대강 유추했다.

'뭐야, 설마 조폭인가?'

뒤이어 여자도 걸어 나왔다.

가슴골이 깊이 파인 타이트한 상의에 치마 역시 몹시 짧았다. 간밤에 운 탓에 화장이 번져 있지만, 망가진 화장에도 상당한 미인임을 알 수 있었다. 머리도 조그맣고 몸매가 늘씬해 모델이라고 해도 손색이 없었다.

"괴물 새끼들 멀리 가븐거 같은께 싸게들 나오랑께."

깍두기가 태랑이 숨은 텐트를 향해 손짓했다. 태랑은 건달 사내와 엮이고 싶지 않았지만 지금은 사람을 가려 사귈 수도 없는 형편이었다.

"어라? 그 짝도 둘이었능가? 우리도 마침 둘 인디."

태랑은 조폭 앞에 서자 제법 긴장되었다. 떡대가 좋고 인상이 험악한 상대는 옆에 서있는 것만으로도 사람을 불편하게 만드는 재주가 있었다.

반면 유화는 생존한 사람들을 만난 것이 기분 좋은지 가까이 다가가 물었다.

"혹시 괴물한테 도망치신 거예요? 다친 데 없으세요?"

"…별로."

모델 같은 여자가 유화를 힐끔 쳐다보더니 쌀쌀맞게 대답했다. 본래 도도한 성격인 것인지, 심한 스트레스로 방어적인 태도를 취하는 건지 아리송했다.

"둘이는 계속 여기 숨어 있었당가?"

"네. 어제부터요."

"아따 솔찬히 똑똑해 블그마잉. 니미럴, 우리도 첨부터 이런데 숨을 것인디 뭣 헐라고 지하철에 기어들어갔다 가···."

"어제 쭉 지하철에 계셨어요?"

유화가 조폭의 말을 받아주었다. 그녀는 조폭의 우락부락한 외모에도 크게 불편해 하지 않는 것 같았다.

"글제. 우리 말고도 겁나게 사람들이 많았써야. 관악역에 있었는디, 밤새 대피한 사람들 다하믄, 거진 천명도 넘었을 것이여."

"천명요? 그렇게나 많이?"

"하여튼 허벌나게 많아 브렀제. 근디 새벽쯤인가? 괴물 새끼들이 갑자기 지하철로 내려 와븐게 아니냐잉."

"세상에!"

"아따, 난리도 그런 난리가 없드만. 그 뭐여 앞니가 토끼처럼 튀어 나와 가꼬는, 펄쩍펄쩍 뛰어 댕김서 사람들을 이빨로 찍어 눌러븐디~. 가스나야 니도 말 좀 해봐야? 같이 봤자네, 나만 봤냐잉."

조폭의 재촉에 모델 같은 여자가 흠칫 놀라더니 천천히 입을 열었다.

"···역사 안에서 많은 사람들이 죽었어요. 다들 놀라 밖으로 뛰쳐나왔죠. 그런데 밖은 더 가관이더군요. 괴물이 사방에 돌아다니고, 사람들은 모두 죽어 나자빠져있고··· 정말 최악이었어요. 방금도 도망쳐 오는 길에 괴물에게 습격을 받은 거예요. 다른 사람들이 잡아먹히는 사이 이쪽으로 도망쳐 왔죠."

"혹시 괴물이 어떻게 생겼는지 기억나요?"

태랑이 물었다. 여자가 기억을 떠올리기 위해 미간을 살짝 찡그렸다. 그 모습마저 섹시해 보였다.

"그게… 호랑이 같기도 하고… 늑대? 참! 희한하게도 머리가 모두 두 개였어요. 방사능에 오염된 동물처럼."

'큰일이다! 쌍두랑(雙頭狼)이야!'

지하철역에 등장했다는 몬스터는 귀귀토끼로 생각되었다. 이빨로 상대를 찍어 누르는 하급 몬스터.

그러나 방금 전 두 사람이 마주쳤던 쌍두랑은 귀귀토끼와는 비교도 안 되는 괴수다. 두 개의 머리는 각각 불과 냉기의 브레스를 뿜어 내는데, 귀귀토끼와 비교했을 때 포식력이 월등히 앞서는 놈이었다.

포식력이란 몬스터가 배가 부를 때까지 얼마나 많은 사람을 잡아먹는지에 대한 정도로서 몬스터의 강함을 측정하는 기준이 되었다. 포식력이 높을수록 당연히 강했다.

"쌍두랑이 분명하다면 여기서 빨리 도망쳐야 합니다."

"뭔 소리여 그게? 쌍두랑이라니?"

"쌍두랑은 한번 배를 채울 때 사람 서른 명도 너끈히 잡아먹어요. 아직 허기를 다 채우지 못했다면 근방을 샅샅이

뒤지려 들 거예요. 놈의 눈에 뛰기 전에 최대한 벗어나야
합니다."

그 말을 듣던 조폭이 갑자기 태랑의 어깨를 우악스럽게
붙잡았다.

"아야! 니 도대체 정체가 뭐여? 니는 시방 뭔가 알고 있
는 거 같은디? 이거 뭐 생체실험 같은 그런 거냐? 싸게 말
못 하냐잉! 괴물이 갑자기 어서 튀어나온 거냐고!"

조폭 사내는 몬스터 인베이젼을 정부의 비밀 실험 같은
것으로 오해하고 있었다. 사람만큼 거대해진 토끼, 머리가
두 개 달린 늑대를 보았으니 착각을 할 법도 했다.

"그런게 아니구요, 일단 여기서 도망치고 말해줄게요.
시간 없다니까요!"

"아따 요새끼, 말 돌리는 거 봐야? 너 내가 누군지 알고
빡통을 굴려 싼냐? 나가 영등포 뺀찌 구한모랑께? 들어는
봤당가?"

갑자기 험악해지는 분위기에 모델 같은 여자가 한모의
팔을 붙잡았다.

"한모씨. 이러지 마요."

"놔!"

"처음 보는 사람한테 왜 그래요."

"니도 방금 들었잖여? 이 새끼 분명 뭔가 알고 있당께?
나도 알아야 겄어."

"말로 해도 되잖아요."

"말로 할랑께 이 손 놔."

"오빠 진짜!"

"안 노냐! 콱! 어서 텐프로 년이 자꼬 사내들 일에 껴들어?"

한모의 독설에 그를 말리던 늘씬한 여자가 힘없이 물러섰다. 태랑은 텐프로라는 말에 그녀의 직업이 대번에 머릿속에 그려졌다.

"아저씨. 그쯤하시죠?"

포식의
군주

2. 분실

　유화는 몹시 화난 표정이었다. 한모의 거친 욕설과 안하무인적인 태도가 그녀를 자극했다.

　그녀는 외모에 선입견을 가지는 타입은 아니었지만, 불의한 행동을 묵과하지도 않았다.

　"머시여? 니도 한패라 이거여? 어쭈? 가스나 눈알 부라리는 거 봐야? 잘하믄 한 대 치겄는디?"

　"내가 못 칠 거 같아요?"

　유화가 정식으로 자세를 잡자 한모는 태랑을 내버려두고 머리를 좌우로 과하게 꺾었다. 두득거리는 소리가 위협적으로 들려왔다.

"하~ 나 원참 시상이 망조가 둥께 가시나들까지 막 앵겨 붙어 블그마잉. 아야 꼬맹아, 나가 아무리 건달이어도 여자는 안 때려야 그니께 존말로 할 때…."

퍽─

엄청난 속도.

왼발을 굳건히 딛어 힘을 비축한 유화는, 번개 같은 동작으로 한모의 가랑이 사이를 걷어찼다. 남자의 급소를 노린 낭심차기였다.

불시의 기습에 거대한 덩치의 한모가 그대로 허물어졌다.

이마에 핏발이 서고 숨이 턱 막혀왔다.

겪어보지 못한 사람은 표현도 할 수 없는 고통이 엄습했다.

"흐메… 그란다고 거시기를… 그렇게… 차브냐."

"흥! 가요. 태랑씨. 언니도 같이 가요."

"오메… 이 잡것이… 흐따… 불알이 깨져븐 거 같은디… 흐메, 나 죽겠능그."

땅바닥에 머릴 처박은 한모는 급소를 부여잡고 일어서질 못했다. 그 사이 짐을 모두 챙긴 태랑과 유화가 한모를 버려두고 가려는데 텐프로 여자가 두 사람을 붙잡았다.

"이대로 가면 저 사람 죽을 거예요."

"내버려 둬요. 제멋대로인 사람하곤 함께 할 순 없어요."

유화의 냉정한 대답에 텐프로 여자가 입술을 깨물었다.

"…알았어요. 그럼 두 사람은 가던 길 가요."

"흐메… 고자 되븐 거 같어야잉… 흐메. 나 죽겠네"

"언니는 어쩌려구요?"

"한모씨가 거칠고 다혈질이긴 해도 속까지 나쁜 사람은 아니에요. 두 사람한테 면목 없으니 동행하자고는 안 할게요. 어서 가세요."

유화는 어이가 없어 두 손을 허리에 얹으며 혀를 찼다. 저토록 아름다운 여자가 왜 조폭 따위에 목을 매는지 이해할 수 없었다. 태랑은 계속 머물러 있다간 쌍두랑의 표적이 될지도 모른다는 생각에 조급해 졌다.

'내버려 두면 둘 다 쌍두랑에게 죽고 말거야. 게다가 쌍두랑이 여기까지 온다면 자칫 정상에 있는 우리까지 위험해져. 그렇다고 마냥 기다릴 수만도 없고….'

결심을 한 태랑은 한모에게 다가가 그의 엉덩이와 허리 주변을 두드렸다. 한모는 엎드린 자세로 맴매를 당하는 아이처럼 잠자코 있었다.

"뭐하는 거예요? 지금?"

"뭐긴요. 응급처치죠."

"그게 응급처치라구요?"

유화가 물었다.

"원래 남자가 급소를 맞으면 하복부랑 회음부 쪽 근육이 긴장되고 인대가 수축되 고통스러운 거예요. 이때 엉덩이나

허리 주변을 두들겨 주면 한결 낫거든요. 남자들은 다 알아
요."

두 여인은 한동안 엎드린 자세로 엉덩이를 두들겨 맞는
한모를 지켜보았다. 생면부지의 남자에게 엉덩이를 대주는
한모나, 진지한 표정으로 엉덩일 토닥이는 태랑의 모습은
우스꽝스런 한편의 촌극같았다.

방금 전의 긴장된 분위기가 자연스럽게 누그러졌다.

"좀 괜찮아요?"

"흐따… 한결 낫구만. 너 이 가시나 있다가 보자잉."

한모가 씩씩거리며 눈을 흘기자 태랑이 정색했다.

"계속 분란을 일으키면 진짜로 놔두고 갈 겁니다. 보셔
서 알잖아요. 괴수한테 물리력은 안통해요. 사람이 죽일 수
없는 존재라구요."

"니는 근디 어떻게 그런 걸 아는 거여? 이거 진짜 비밀
실험 같은 거 아니여?"

"일단 가면서 얘기해 줄게요. 여기 있다간 쌍두랑에게
다 죽어요."

한모는 사타구니의 고통을 참으며 겨우 몸을 일으켰다.
하지만 워낙 정통으로 들어간 발차기였기 때문에 제대로
걷지 못했다. 텐프로 아가씨가 옆에서 부축했다. 태랑은 텐
트세트를 하나 더 챙겨 들었다.

"우린 산 위로 올라갈 거예요."

"산위는 왜요?"

텐프로 아가씨가 물었다.

"어젯밤에도 산에서 잤어요. 지금으로선 산 위가 가장 안전하거든요."

그녀는 슬며시 유화와 태랑을 번갈아 쳐다보았다.

"…둘은 애인사이?"

"네? 그런 거 아닌데요."

"그럼 남자친구도 아닌데 같이 잤다고?"

"아 그게… 사정이 좀…."

궁색한 변명에 유화의 얼굴이 빨개졌다.

"흐따. 얼굴은 순진하게 생겨가꼬 뒤로는 호박씨 까는 아가씨구만."

부축을 받아 겨우 걷는 처지에도 한모는 걸죽한 입담을 멈추지 않았다.

"아저씨, 또 맞을래요?"

"아서야. 난 원래 여자 안 때린당께. 근디 니 운동 배웠제? 발차기가 보통 빠른 게 아닌디? 나가 칼침도 피해 댕기던 몸인디 발차기를 못 피할 줄 몰랐다잉."

다행스럽게 한모는 유화에게 앙심이 남지 않은 것처럼 보였다. 다혈질인 성격과 달리 생각보다 뒤끝이 없는 호탕한 사내였다.

"아무튼 힘 좀 있다고 제멋대로·하지 마세요. 지금은

무조건 태랑씨 말을 들어야 돼요."

"짜가 태랑이여? 니는?"

"저는 유화요. 이유화."

"그려. 기왕 이렇게 된 거 자기소개나 해볼자. 나는 한모
여. 두부한모 할 때 한모. 영등포 바닥에서 빼찌 구한모 하
믄 다 알아주제."

"…전 레이첼이예요."

"가스나야. 지명 말고 니 이름 있잖여. 은숙이."

"아 쫌! 창피하게."

"엠병, 좋은 이름 놔두고 머덜라고 양년 이름을 쓰냔 말
여. 내말은. 이쁘기만 하구만. 은숙이. 박은숙이."

"은숙씬 몇 살이에요?"

"스물 일곱요."

"어? 언니네. 전 스물다섯이에요."

"저랑은 동갑이네요."

"태랑씨도 스물일곱?"

"네. 한모 형님은 나이가 어떻게 되세요?"

"난 서른 둘. 그것보단 동안으로 보이제?"

"아니요. 전혀."

"가시나 니는 어째 나만 보믄 시비냐?"

"그게 아니고 그렇게 동안으로 안 보인다구요. 솔직하게
말도 못해요?"

"아따 요 쪼그만 거슬 확 그냥."

"한모씨!"

레이첼, 아니 은숙의 만류에 한모가 입을 다물었다. 두 사람 사이는 분명 비즈니스적인 관계 이상으로 보였다.

태랑이 일행을 돌아보며 확실히 했다.

"이제 두 사람 그만 화해해요. 지금 산 밑에선 괴수들이 사람들을 잡아먹고 있어요. 살아남으려면 힘을 합치고 협력해도 모자랄 판에 자꾸 이렇게 서로 다투면 어떡합니까?"

태랑은 어디서 그런 용기가 솟았는지 본인도 놀랐다. 평소라면 한모의 덩치에 주눅 들어 한마디도 못했을 텐데, 지금은 조폭 앞에서도 당당하기 그지없었다.

아마도 미래를 알고 있다는 사실이 그에게 자신감을 심어준 것 같았다.

한모는 죽은 사람들이 모습이 떠오르는지 머리를 세차게 흔들었다. 태랑의 말대로 지금은 싸울 때가 아니었다. 유화도 필요 이상으로 까칠하게 군것이 미안했던지 한모에게 먼저 사과했다.

"아깐 죄송했어요."

"아녀. 나도 말을 함부로 해가꼬… 여튼 미안허다. 내가 생활을 하긴 혀도 절대 민간인은 안 건드려야. 그런 건 양아치들이나 하는 짓이제."

"그런데 그 괴물 말이야. 아까 이야기해 준다면서?"

은숙이 화제를 바꿨다.

태랑이 동갑이란 걸 알고 나선 곧바로 말을 놓는 그녀였다. 반말이 하도 자연스러워 태랑은 자기도 모르게 존댓말을 했다.

"네. 지금 벌어지는 현상은 생체실험 같은 게 아니에요."

"그럼 뭐야? 혹시 외계인?"

"외계인요? 누가 그래요?"

"어제 지하철에 모였던 사람들이…."

"알고서 하는 말이래요?"

"아니 자기들끼리 그냥 떠든 거야. 외계인의 침공이라느니, 하느님이 보낸 신의 사자니, 종말이 왔느니 어쩌니 하면서."

"미국이 보낸 생체병기란 말도 있었당께?"

"맞아. 괴수들 모습이 꼭 동물처럼 생겼잖아. 유전자 변형된 동물."

태랑은 처음 보는 이들에게 과연 어디까지 말해야 할지 망설였다.

미래에 대해 모두 말하는 것이 과연 올바른 판단일까?

그는 이들을 한번 믿기 보기로 했다.

"…우연히 꿈을 꾸었어요."

"꿈?"

"네. 예지몽이랄까… 지금 벌어지는 사건들이 꿈속에 똑같이 나왔죠."

태랑은 예지몽에 대해 한모와 은숙에게 간추려 전달했다. 이야기를 들은 한모와 은숙은 갑자기 태랑이 달라보였다.

"뭐여, 니 그라믄 예언자 같은 것이구만?"

"예언자요?"

"있냐, 뭐시기 노스트무슨가 뭐신가."

"어제 누가 종말론 뭐라고 하면서 말하던 그 사람?"

"아~ 노스트라 다무스요?"

"그려, 개떡같이 말해도 찰떡같이 알아듣기만 하믄 되제. 암튼 니가 미래를 먼저 본거네? 꿈에서?"

"아마도요."

"그럼 인자 어떻게 되는 거여? 그냥 괴물들 헌티 다 죽고 끝나브러? 아니믄 살아날 방법이 쪼끔이라도 있는 거여?"

"저도 모든 걸 다 알진 못해요. 하지만…."

"하지만?"

"몬스터 침공으로부터 3일 동안 살아남는 사람한텐 몬스터와 싸울 수 있는 힘이 주어져요."

"힘이라니?"

태랑은 유화에게 말했던 것처럼 포스와 특성에 대해 짤막하게 설명했다. 다 듣고 난 한모가 갑자기 너털웃음을 터뜨렸다.

"푸하하. 아야. 그것은 좀 못 믿을 이야긴디? 니 혹시 피씨방 자주 댕기냐?"

"피씨방이라뇨?"

"아니 무슨 게임 같잖여. 니가 지금 말하는 게 RPG게임에 나오는 거랑 비슷하자네. 스킬이니 특성이니 하는 거."

한모가 지적한 부분은 태랑도 생각했던 바였다.

각성자가 가지는 능력은 게임 시스템과 흡사하다고.

캐릭터마다 고유의 특성이 있고 몬스터를 죽여 스텟을 강화하며, 공격과 마법 기술인 스킬을 쓴다는 점.

심지어 PK(Player Killer)인 맨이터라는 존재까지.

그것은 분명 어떤 정신 나간 미친 신이, 지구를 게임 시스템으로 몰아넣은 것 같은 의심이 들게 하는 부분이었다.

그러나 자신의 꿈에도 현재 사태의 원인에 대해선 나오지 않았다. 어쩌면 이유 따위는 없는지도 모른다.

"저도 왜 그렇게 됐는지는 몰라요. 원인에 대해선 꿈에 나오지 않았으니까."

"좋아, 그람 니 말이 맞는지 틀리는지 내일이믄 확실해지겠네? 3일째 되는 날 생존자들에게 능력이 부여 된 담서?"

"그렇죠. 근데 이제 다친 데는 괜찮으세요?"

"그럭저럭 걸을 만은 하다잉."

한모는 꼬박꼬박 존댓말을 올리는 태랑이 점점 마음에 들었다.

실은 아까 엉덩이를 두들겨 주었을 때 남자로서 동질감을 느꼈다. 유화의 발길질이 희한하게 한모가 태랑과 가까워지는 계기 된 셈이었다.

어기적거리던 한모의 걸음이 어느새 정상으로 돌아왔다. 그를 부축하던 은숙은 이제 손을 잡고 그를 따랐다.

"두 분은 근데 원래 알던 사이죠?"

"같은 가게에서 일하던 오빠야…"

은숙이 말끝을 흐렸다.

텐프로라는 것은 화류계에서 상위 10%안에 드는 고급 창녀를 말한다. 그녀가 일했던 가게라면 값비싼 요정이었을지도 모르겠다. 설마 그럼 한모가 그녀의 기둥서방?

태랑은 궁금하긴 했지만 은숙이 곤란해 할까봐 더 이상 질문은 삼갔다. 어차피 지금 상황에서 과거의 직업 따윈 아무 상관없다. 과거에 무엇을 했던 모두다 괴물의 먹잇감일 뿐이니까.

"그란디 우리 성님은 괜찮을랑가 모르겠네잉."

"누구요? 친형?"

"친형이나 다름없는 분이제. 목포서 올라와 오갈 데 없는 나를 거둬 줬응게."

"아저씨 근데 진짜로 조폭이에요?"

"아저씨가 뭐여. 니랑 나랑 몇 살 차이나 난다고. 그냥 오빠라고 불러."

"그거야 제 맘이죠. 강요하지 마세요."

"아따 요 가스나, 완전히 지 맴 대로구만. 나가 조폭이냐 고? 요새는 그딴 거 없어야. 우리도 다 업장 관리함서 정식 으로다가 사업하는 사람들이여. 세금도 따박따박 내고 말 이여."

"흥, 뭐 그런다 치죠."

"니는 근디 겁을 상실해 븐거 같다잉. 나가 한개두 안 무 섭냐?"

"저 원래 사람 겁 안내요. 그리고 무서울 건 또 뭐에요. 저 경찰시험 준비했거든요? 앞으로 경찰이 될 사람이 조폭 에게 쫄아서 되겠어요?"

"흐따. 니는 참 당돌해서 맘에 든다. 근디 사람은 좀 겁 내는 것이 좋을 것이여."

실실거리던 한모의 얼굴이 일순 차갑게 변했다.

가면이 벗겨지듯 드러낸 그의 맨얼굴은, 마치 사람을 죽 여본적이 있는 것은 눈빛이었다.

"나가 살면서 겪어 봉께, 사람만큼 무서운 것도 없드라 고."

태랑은 돌변한 한모의 표정에서 오싹함을 느꼈다.

그 속엔 야수가 숨어 있었다.

'…조심해야 될 사람같아. 친구라면 더할 나위 없이 좋 겠지만 적으로 만들면 피곤한 타입이야.'

한모는 언제 그랬냐는 듯이 다시 실실거리는 표정으로 돌아와 있었다. 그 모습을 보고 나니 평소의 거들먹거리는 모습은 오히려 본색을 감추기 위한 위장처럼 느껴졌다.

"근디 언제까장 올라가야 되는 것이여? 오늘 안에 가긴 가냐?"

"이제 다 왔어요. 저기 저 텐트거든요… 어라?"

분명 텐트문을 잠궈 놓고 왔는데, 도착해 보니 활짝 열려 있었다. 밖에 놓아둔 아이스박스도 젖혀져있고, 안에 있던 식량도 몽땅 사라졌다.

"뭔 일이다냐? 괴물이라도 든겨?"

괴물이라는 말에 두 여자가 바짝 긴장했다.

"아니요. 놈들은 사람이 먹는 음식을 먹지 않아요. 이건 분명 사람 짓이에요."

"사람? 여까지 누가 올라 왔다고? 우리가 방금 까장 올라왔잖여. 오메, 반대쪽에도 등산로가 있어 블구마잉. 저짝으로 올라왔는 갑네."

텐트 주변은 도둑이 한바탕 쓸고 간 것처럼 난장판이었다. 이곳으로 누군가 찾아올 것이라곤 전혀 예상 못했는데… 태랑은 퍼뜩 노트북이 떠올랐다.

"맞다! 내 노트북!"

태랑이 급하게 텐트 안으로 기어 들어갔다. 바닥을 한바탕 헤집으며 찾았으나 보이지 않았다. 식량을 털어간 놈이 분명 노트북까지 들고 가 버린 것이었다.

"젠장! 그게 어떤 건줄 알고!"

"뭐시여? 도둑 맞아브렀어?"

"노트북에 혹시 중요한 게 들어 있는 거야?"

"거기… 다 적어 놨었단 말이에요."

"긍께 뭣을?"

"…인류의 미래요."

태랑이 주저앉았다.

"근디 노트북을 어째서 들고 갔을까잉."

"중요한 물건이라 판단했을 수도 있겠지. 핸드폰도 안 터지는 상황이다 보니 랜선이 살아 있으면 노트북이 곧 통신기기나 마찬가지잖아. 기지국이 무너졌다 해도 지하로 흐르는 광케이블은 아직 건재 할 테고…."

은숙의 추리는 의외로 날카로운 맛이 있었다. 하긴 고급 요정에서 일하는 여대생 중엔 의외로 멀쩡한 명문대 생들도 많다고 하니, 텐프로라 해서 학벌이 안 좋을 것이라는 건 편견이었다.

"제가 허술했어요. 그렇게 중요한 물건이면 더 잘 보관했어야 했는데…."

태랑이 절망어린 목소리로 말했다.

지금 그는 총알이 떨어진 군인이었고, 종잣돈을 날려버린 투자자와 같았다. 기억력이 아무리 뛰어나도 한권 분량이 넘어갔던 방대한 설정집을 완벽히 복원할 순 없었다.

더구나 노트북에는 아직 다른 사람들에게 밝히지 않은 비밀이 하나 더 있었는데, 그것은 바로 커널을 영원히 파괴시킬 수 있는 최종 아티펙트에 대한 조합법이었다.

수많은 아티펙트들로 어우러진 이른바 '소멸자 세트'를 완성시켜야만 몬스터 인베이젼을 종식시킬 수 있다.

개개의 아티펙트를 얻어야 하는 장소와 상대할 몬스터, 그리고 조합을 이루고 있는 종류가 너무 복잡했으므로 태랑 역시 온전하게 기억하진 못했다.

대신 그 내용을 고스란히 설정집에 기록해 두었고, 소설의 흐름 역시 소멸자 세트를 완성키 위한 여정을 다루고 있었다.

지금 상태로는 절반 정도나 기억할까?

아니 그마저도 뒤죽박죽이었다.

이는 이번 노트북 분실에 있어서 가장 치명적인 부분.

태랑이 복잡한 심사를 감추지 못하며 우울해 하고 있는데 한모가 적극적으로 움직였다.

"일단 무기부터 챙겨야 쓰겄다. 나는 어디 가서 작대기라도 구해 올란다."

"무기는 갑자기 왜요?"

"생각 혀봐. 도둑이 들었다는 말은, 누군가 이 장소를 알고 있단 소리제. 놈들이 무기라도 들고 다시 찾아오면 어쩔 거여? 맨손으로 싸울겨?"

한모의 냉철한 발언에 다들 놀란 표정이었다.

"다시 온다구요? 왜?"

"그럴 수도 있다는 소리여. 한번 훔친 것을 두 번 이라도 못 털거 같어? 거그다 인자 여자들도 같이 있고…."

뒷말을 흐렸지만 모두 그 의미를 알 수 있었다.

세상은 지금 혼돈의 도가니다.

그 말은 약탈과 살인, 강간이 자행되더라도 누구도 통제할 수 없을 만큼 무법천지란 소리. 힘이 곧 법이고, 법은 힘으로 대체되었다.

지금은 스스로를 지키는 수밖에 없었다.

한모가 쓸 만한 무기를 찾아 텐트를 떠난 사이, 유화와 태랑은 밖으로 나와 주변을 경계했다. 생각 같아선 다같이 움직이고 싶었지만, 남은 숙영장비마저 털리게 된다면 오늘 저녁을 버티기도 힘들 것이다.

더구나 싸움에 능한 유화가 같이 있기에 한모도 조금은 안심이었다.

"태랑 오빠. 괜찮아요?"

"아니. 하나도 안 괜찮아."

"노트북은 분명 찾을 수 있을 거예요. 너무 걱정 말아요."

"…응."

유화가 위로해 주었지만, 태랑은 여전히 속이 쓰렸다.

분실한 것이 단순히 몬스터 정보처럼 단편적인 지식이라면 이 정도까지 속상하진 않을 것이다.

그러나 노트북에 담긴 '소멸자 세트'에 대한 내용은, 인류를 구원할 수 있는 최종 병기에 대한 것이었으므로 태랑은 착잡한 마음을 금할 길이 없었다.

태랑은 차라리 칼을 들고 서라도 좋으니 노트북 도둑이 다시 찾아왔으면 좋겠다는 생각마저 들었다. 그만큼 간절했다.

그런데 생각이 씨가 되었을까? 정말로 누군가 찾아왔다.

놈들은 모두 2인조였다.

불쑥 모습을 드러낸 사내들은 첫눈에도 험상궂은 얼굴을 하고 있었다.

"진짜로 정상에 텐트가 있었네?"

"근데 그놈이 사람은 없다지 않았나?"

"뭘 상관이야, 잘됐지 뭐. 여자들도 있는데. 어제 이어 오늘도 내 소시지가 팻국 물 좀 벗기겠구나. 흐흐."

놈들의 팔목엔 사슬이 끊어진 수갑이 철렁거렸다.

혼란 통에 도망친 범죄자들일까?

"뭐야 당신들?"

유화가 경계 자세를 취했다. 이미 두 사람의 대화를 통해 불순한 의도가 감지되었다. 그녀의 눈은 덜렁거리는 수갑을 향해 있었다.

"가스나 허벅지 탄력 좀 보소? 마, 쥑이네!"

"야야, 오늘 나 순서 부턴거 알지?"

"에이, 맛있는 건 사이좋게 나눠 먹어야지~"

"그래 임마. 누가 안 준데냐? 대신 나 먼저라고. 근데 텐트 안에 있는 애도 엄청 이쁜데? 오늘 완전 로또 맞았구나!"

사내들의 계속되는 음담패설에 유화는 귀가 썩을 것 같았다.

"이 자식들이! 진짜 못 들어 주겠네!"

태랑이 어찌해볼 새도 없이 흥분한 유화가 달려들었다. 그녀의 주먹이 맨 앞에 서있던 놈의 콧잔등을 후려쳤다.

퍽—

"어이코! 내코."

유화의 기습으로 갑자기 싸움이 시작되었다. 한모를 일격에 쓰러뜨릴 때도 느꼈지만, 그녀의 솜씨는 평범한 사람들과는 레벨이 달랐다.

빠르고 절도가 있는 동작은 전문적인 경호원의 그것과 유사했다. 놈들의 어설픈 공격은 허공을 가르기 일쑤였다. 순식간에 범죄자 두놈이 바닥을 뒹굴었다.

뒤늦게 태랑이 쓰러진 놈들에게 달려와 싸커킥을 걷어찼다.

"은숙씨, 이 사람들 묶게 남은 텐트 줄 좀 갖다 줘."

"지금 은숙이는 그럴 사정이 아닌 거 같은데?"

갑자기 텐트 뒤에서 은숙의 목에 식칼을 들이민 사내가 걸어 나왔다. 쓰러져 있던 놈들은 그 모습에 서서히 몸을 일으켰다.

"거참 시벌 것, 빨리도 나오네. 누구는 먼지나게 쳐 맞고 있구만."

"흐흐 그러게 내가 뭐랬냐. 한명은 후방을 노려야 한댔지? 호기 좋게 나서다 꼴좋다. 이놈들."

"낸들 계집애가 이렇게 쌈 잘할 줄 알았냐. 쪼매난 게 손은 좆나게 맵구만. 퉤-!"

은숙이 칼로 위협 당하자 유화와 태랑은 꼼짝할 수 없었다. 자칫하다간 은숙의 목에 칼이 박힐 수도 있었다.

'제길, 한 놈이 더 있었어, 방심했다!'

"어이, 좆만한 계집애. 넌 내가 가만 안 둔다. 아주 아작을 내버릴 줄 알아."

"야야. 아작을 낼 때 내더라도 맛있게 먹고 해야지. 다 먹고 살자고 하는 짓인데."

"비겁한 새끼! 치사하게 인질이나 잡고 부끄럽지도 않냐!"

"그러니까 왜 우리 둘밖에 없다 착각하는 건데? 그게 네 놈들 실수지. 흐흐."

범죄자가 무심결에 내뱉은 말에 태랑은 갑자기 인질로 잡혀있는 은숙 쪽으로 시선을 돌렸다.

그 말, 지금 바로 돌려줘야 할 것 같군.

눈이 뒤집힌 한모가 몽둥이를 들고 나타난 것은 바로 그때였다.

"이 씨볼 새끼들은 또 뭐시여!"

뻐억─!

한모의 몽둥이는 인정사정 없었다.

은숙을 인질로 잡고 있던 놈은 뒤통수를 얻어터지고 쓰러졌다. 가까스로 풀려난 은숙이 한모에게 와락 안겨 들었다.

"오빠!"

"니는 텐트에 들어가 문 딱 잠그고 있어."

"어떡하려고…"

"싸게 들어 가랑께!"

인질이 풀려나자 곧바로 상황이 역전되었다.

한모는 기절한 놈이 떨어뜨린 식칼을 집어 들었다.

"이런 호로 양아치 같은 새끼들! 감히 어디서!"

"사, 살려주십쇼!"

놈들은 한모의 압도적인 덩치에 곧바로 항복을 선언했다.

유화 한명 제압 못했는데 한모까지 가세한다면 승산이

없었다. 게다가 유일한 무기인 식칼마저 빼앗긴 상태.

"참으세요."

"놔! 태랑이, 이거 안 놔? 저런 양아치새끼들은 뱃대지를 확 쑤셔가꼬 창자를 끄집어 순대를 만들어 부러야 돼. 이 쓰벌놈들이 시방 누구한테 들이대, 뒤질라고!"

태랑은 눈알이 뒤집힌 한모를 부둥켜안고 필사적으로 저지했다. 용서할 수 없는 놈들이었지만 어쨌든 살인은 막아야 했다.

"굳이 손에 피를 묻힐 필욘 없잖아요."

한모는 그 말에 슬슬 노기가 풀리는지 공중에서 휘젓고 있던 칼을 멈추었다. 생각해보니 은숙과 유화도 함께 있는 마당에 사시미들고 칼춤을 출 수도 없는 형편이었다.

탈옥수 셋은 이내 텐트 줄로 꽁꽁 포박되었다.

한모는 놈들을 무릎 꿇게 하고 낚시 의자를 펼쳐 앞에 앉았다.

"느그들 어디 식구여?"

"식구라니요?"

빡-!

한모의 앞발이 말대꾸한 놈의 면상을 후려 갈겼다. 이빨이 부러졌는지 입안에서 하얀 게 튀어 나온다.

"야이 씨벌놈아. 나한테 두 번 묻게 하지마라잉. 확 조사블랑께. 알겠냐?"

"넵!"

"그리고 너 언능 안일어서냐? 누운 자리 고대로 못자리 만들어 드려?"

그 말에 면상을 걷어차이고 쓰러져 있던 놈이 가까스로 몸을 일으켰다. 한모의 손속은 사정이 없었다.

"다시 묻는다잉. 느그들 어디 소속이여?"

"저, 저흰 청송감호소 수감자들인데 병원치료차 서울로 호송 도중 버스가 전복되면서 탈출했습니다."

"진작 그라고 말 할 것이 제. 그럼 별은 뭘로 달았는디?"

"이 친군 사기, 저 친군 강도, 저는 특수강간입니다."

"그냥 잡범 새끼들이고만?"

"네, 맞습니다. 잡범입죠. 지당한 말씀입니다."

"근디 니는 왜 자꾸 토를 달아 새끼야 시끄랍게!"

뻑-!

다시 무자비한 발길질이 이어졌다.

대답을 하면 한다고 패고, 안하면 안한다고 때렸다. 무슨 구실을 대서라도 쥐어 패는 통에 만신창이가 아닌 놈이 없었다. 한참 놈들을 곤죽 내던 한모가 몽둥이로 손바닥을 두들기며 엄포를 놓았다.

"그라믄 지금부터 존말 할때 대답해라잉. 잔대가리 굴리다 걸리믄 골로가븐께. 알긋냐?"

"넵."

"여기 있던 노트북 어디다 숨겼어?"

"노, 노트북요?"

빡-!

"내가 두 번 묻지 말라고 했냐! 안했냐!"

"저, 저흰 아무것도 안 훔쳤습니다."

"근디 여긴 어떻게 알고 온 거여?"

"사람들 눈을 피해 관악산으로 숨어들었는데 등산로에서 수상한 놈을 만났습니다."

"수상한 놈? 그게 누군디?"

"그래. 맞다. 노트북. 그놈이 가방에 들어 있던 게 노트북이었나 보네!"

"야 너, 자세히 말해봐."

3인조는 어제 오후 쯤 몬스터 인베이젼을 틈타 호송버스에서 탈출했다. 그들은 몬스터의 난동으로 혼란이 벌어진 와중에 가정집으로 침입해 쇠톱으로 수갑을 자르고 옷도 갈아입었다.

그러나 지옥으로 변해버린 도심에 계속 숨어 있을 수 없었다.

"저흰 산속에서 한동안 숨어 지낼 작정이었습니다. 혹시 도시에 계속 있다간 경찰 눈에 띌지도 몰라서요."

"니기미, 이 난리통에 경찰은 무슨, 암튼 계속 말해봐."

아침 일찍 관악산을 오르는데 왠 젊은 남자하나가 백팩을 메고 산에서 내려오는 것이었다.

ㅡ어이, 죽기 싫으면 가진 거 다 내놓고 가라

ㅡ살려 주십쇼. 머, 먹을 것밖엔 없습니다.

"아침부터 산위에서 내려오는 것도 수상한데 가방 안에 음식이 잔뜩 있더라구요. 그래서 대체 이게 어디서 난거냐 물었죠. 그러니까 정상부근 빈 텐트에서 훔쳐왔다는 겁니다. 저흰 마침 지낼 곳도 필요한 상황이라 텐트가 있다는 소리에 곧바로 여기로 올라왔죠."

태랑이 다급히 물었다.

"노트북은! 혹시 노트북은 못 봤어요?"

"가방 뒤편에 네모난 물체가 있긴 했는데 아마도 그게 노트북이었을지도 모르겠네. 근데 그딴 걸 뺏어봐야 당장 돈도 안 될 물건이고… 암튼 저흰 진짜 돈이랑 음식만 뺐었습니다. 정말이에요."

"그럼 그 남자 지금 어디로 갔어요? 인상착의는?"

"그러니까 키가 한 175쯤? 마른체형에 야구 모자를 쓰고 있었어요. 아. 좀 특이했던 게 왼쪽 눈 옆에 십자가 문신이 있었더라구요."

"십자가 문신?"

"아니 보통 얼굴 쪽엔 그림 잘 안 그리잖습니까. 근데 눈 옆에다가 조그맣게 십자가 문신을 해놨더라구요. 아무튼 저희한테 탈탈 털리고는 곧바로 산 밑으로 내려갔습니다. 그게 저희가 본 전붑니다."

태랑은 실망감을 감출 수 없었다. 차라리 이들이 노트북을 도둑이길 바랬는데… 정작 노트북을 훔친 놈은 벌써 달아나버린 상황이었다.

"태랑이, 인자 어쩔 것이여? 그 도둑놈 쫓을 거여?"

한모의 질문에 태랑이 고개를 가로저었다.

그는 충분히 할 만큼 했다. 그들을 겁박해 순순히 실토하게 만든 것은 오롯이 한모의 공이었다.

지금 산 밑으로 내려간다는 건, 정말로 목숨을 걸어야 하는 일이다.

"…아니요."

"중요한 것이라지 않았어?"

"중요하다고 해도 사람 목숨만큼은 아니에요. 지금 하산했다 몬스터라도 만나게 되면 답이 없으니까요. 내일이라도 지나면 모를까."

"저기, 그럼 저희는 어떻게…."

태랑과 한모가 대화하는데 3인조 한 놈이 껴들었다.

이야기의 흐름을 보니 태랑 일행이 사라진 노트북 행방을 찾고 있었던 것 같은데, 아는 걸 모두 말했으니 순순히 보내줄 수 있지 않겠느냐 하는 기대감이 든 것이다.

"느그들 뭐?"

"저희가 형님을 알아 뵙지 못하고 죽을죄를 졌습니다요. 살려만 주신다면 앞으로 다신 얼씬도 안하겠습니다."

태랑은 범죄자들을 다시 풀어준다는 게 마뜩치 않았다. 그러나 계속 붙잡아 둘 수도 없었다.

아이스박스 마저 털리는 바람에 남은 식량도 빠듯했고, 그들을 묶어두고 하루 종일 감시해야 하는 일도 피곤한 일일 터. 살아남기도 급급한 와중에 누가 누굴 억류한단 말인가?

"어떡하죠 형님?"

"그냥 확 묻어 블믄 되제. 뭘 고민해."

"히엑-. 살려주십쇼."

"사람을 죽이는 건 안 됩니다. 세상이 아무리 혼란스럽다고 해도 저희까지 도리를 저버릴 순 없어요."

"맞아요. 그냥 풀어줘요. 어차피 저랑 아저씨 같이 있으니 별 문제없잖아요."

태랑에 이어 유화마저 그들의 석방을 촉구하자 한모가 별수 없다는 듯 어깨를 으쓱했다.

"흐흐. 당연히 농담이제. 느그들 앞에선 농담도 못 하겠다. 그라믄 내가 이놈들 산 밑에까지 내려가는지 확인하고 올 테니 식사 준비하고 있어."

"같이 가는 게 낫지 않겠어요? 혼자서 어떡하려고."

유화가 도우려 나서자 한모가 거절했다.

"아니여. 나 혼자도 충분혀야. 이까짓 놈들 정도."

한모는 무릎 꿇은 놈들의 목덜미를 잡아 억지로 일으켜
세웠다.

"언능 일어나. 느그들 참말로 운 좋은지 알아라잉."

"감사합니다. 정말 감사합니다."

"앞으로 착하게 살겠습니다."

"고맙다는 말은 나 말고 저그 두 명한테 해야 제."

한모가 굴비두릅처럼 연결된 3인조를 끌고 내려가자 텐
트에 숨어있던 은숙이 얼굴을 내밀었다.

"…나쁜 놈들 이제 갔어요?"

한모가 놈들을 심문할 적에도 계속 숨어있던 그녀였다.

'저러니 한모씨를 졸졸 따라구나. 사람이 저리 겁이 많
아서야…'

유화가 속으로 혀를 찼지만, 본인이 유난히 담대한 편이
라는 것은 의식하지 못했다. 보통 여자라면 범죄자를 만나
면 얼굴을 쳐다보기도 무서운 게 당연하다.

남은 셋은 아침에 챙겨온 음식을 이용해 점심 식사를 준
비했다. 노트북의 분실이 재차 확인되어 속상하긴 했지만
태랑은 다시 마음을 다잡았다.

'능력이 생기게 되면 내일 당장 노트북을 찾으러 나서야
겠어. 그게 없으면 결국엔 파국을 피할 수 없으니까.'

"태랑 오빠. 혹시 그쪽에 식칼 없던가요? 이거 자르려면 칼이 필요할 것 같은데….'

반찬을 다듬던 유화의 물음에 태랑은 놈들이 들고 왔던 식칼을 찾았다. 그러나 식칼은 어디에도 보이질 않았다.

"아! 아니다. 아이스박스 안에 가위 있네. 이걸로 쓸게요."

'어 왜 없지? 혹시 한모 형이 들고갔나?'

한모는 3인조를 데리고 산 중턱까지 부근까지 내려왔다.

"근디 느그들 수갑 어디서 잘랐다고?"

"어제 가정집에서 쇠톱으로 잘랐습죠."

"그 집에도 사람이 없진 않았을 턴디?"

"네, 신혼집 이었는데 젊은 여자하나가 아무것도 모르고 자고 있더라구요."

3인조는 해방의 기쁨에 미처 눈치 못했지만 한모의 표정이 딱딱하게 굳어가고 있었다. 그러나 말투만 들으면 여전히 능글능글했다.

"흐따. 그람든 느그들 몸보신 좀 했겄는디? 빵에 있음서 솔찬히 굶었을 거 아니여?"

"말이라굽쇼. 아주 작살을 내줬죠. 남편은 밖에서 뒤져 버렸는지 다음날 아침까지도 돌아오지 않더라구요. 지 마누라 다른 사내들 밑에서 헐떡이는 꼴을 꼭 보여줘야 했는디."

"흐따. 겁나게 좋았나보구마잉."

한모가 의도적으로 추임새를 넣자 강간범 놈은 아예 흥분해서 떠들어 댔다.

"아무렴요. 셋이 돌아감서 밤새도록 즐겁게 해줬죠. 분명 잊지 못할 추억이 되었을 겁니다. 여자도 돌림빵 한번 당하고 나면 나중에 또 당하고 싶어 한다더라구요."

"…그랬냐잉. 아조 신이 나브렀네?"

"마누라는 뭐니뭐니해도 남의 마누라가 최고 아닙니까요. 흐흐."

묵묵히 범죄자의 이야기를 듣고 있던 한모가 갑자기 뚝 발걸음을 멈췄다. 정상부 텐트에서 상당히 떨어진 직후의 일이었다.

"…근디 말이여."

"네? 형님 왜 그러십니까?"

"나가 찬찬히 생각 해 봤는디, 느그들 난중에 우덜한테도 해꼬지 할라고 달려 들믄 우짠다냐?"

"아따 성님! 그럴 리 있습니까요! 진짜 여기론 코빼기도 안 비칠 작정인디요."

"그랴? 니 근디 왜 갑자기 안 쓰던 사투리를 쓰고 그라냐?"

갑자기 한모의 목소리에 살기가 돌기 시작했다.

순식간에 분위기가 급반전 되었다.

그의 표정은 어딘지 모르게 간담을 서늘케 하는 데가 있었다. 인간미를 배제한 파충류같은 느낌이었다. 눈알의 동공이 줄어들고 흰자가 유난히 크게 느껴졌다.

"거, 거야 형님이 사투리를 잘 쓰시니까 거기 맞춰드린 거죠."

"맞습니다요."

탈옥범들이 한모의 눈치를 보며 쭈뼛거렸다.

팔에 난 털이 바짝 곤두설 정도의 공포감이 밀려왔다.

"…나는 말이여, 원래 사람 말 잘 안 믿어. 위에 꼬맹이들은 순해 빠져가지고 니들 그냥 풀어주라 한디, 나가 뭐 달라고 후환을 남기 겄냐? 안 그냐?"

"네? 그, 그게 무슨 말씀인지…."

"그라고 느그들 얘기 대충 들어본께 어서 재활용도 못할 쓰레기 새끼들이고만. 뭐? 남의 마누라? 돌림빵? 이런 쌍, 느그 같은 새끼들 풀어 줘봐야 하러 다닐 짓이 뻔해브러!"

한모가 일갈했다.

고요한 산속에서 진한 살기가 피어올랐다.

"혀, 형님! 왜 그러십니까."

"아따, 나가 왜 니 성님이다냐, 난 니 같은 양아치 동생 둔 적이 없는디!"

한모가 노골적인 적의를 드러내자 3인조는 더 이상 말이 통하지 않음을 직감했다. 이젠 모 아니면 도다.

"에이 쌍 안되겠다. 조져버려!"

비록 두 팔이 묶이긴 했지만 다리는 아직 건재한 상태였다. 한모가 제아무리 덩치가 좋아도 셋이 동시에 덤비면 승산이 있으리라 여겼다.

그러나 어림없는 착각이었다.

반대파 보스의 생이빨 28개를 뺀지로 몽땅 뽑아버렸다는 구한모는, 본래 사람을 죽이는데 일말의 거리낌도 없는 사내였다.

"…흐흐. 잡것들이 뒤질라고 아조 환장을 해블구만?"

그의 뒷주머니에서 뽑아낸 식칼이 무섭게 번뜩였다.

"형님 좀 늦으셨네요? 밥 다 됐어요."

"어어. 그랬냐잉. 미안허다. 나가 쪼까 산길을 헤매가꼬. 흐메~ 냄새 허벌라게 좋아블그마잉. 이거 카레 냄샌디?"

"네, 3분 카레랑 스팸 좀 구웠어요."

"흐따. 은숙아, 우리가 어제 점심 먹고 내리 굶었지?"

"진짜요? 언니 배 많이 고프셨겠어요. 말씀하시지 그랬어요. 초코렛도 좀 있었는데…."

"워낙에 놀랄 일이 많아서 배고픈 줄도 몰랐어. 눈앞에서 괴물들이… 우엑–"

은숙은 갑자기 헛구역질이 올라오는지 구석으로 달려가 토하기 시작했다. 유화가 뒤따라가 등을 두들기는데 한모가 태랑에게 설명했다.

"짜가 쪼매 비위가 약항께 느덜이 이해혀라. 어제 못 볼 걸 봐브렀거든."

"못 볼… 거요?"

"괴수 말여. 고놈들이 사람을 죽이기만 한 것은 아닝께."

"아…!"

태랑은 아직 식인장면을 직접 목격하진 못했다.

괴수에 따라 사람을 죽이고 나서 먹어 치우는 경우도 있었고, 산체로 뜯어 먹기도 했다. 놈들의 생김새만큼이나 식성도 제각각 이었다.

"막 있냐, 지하철에서 토깽이 같이 생긴 괴물이 사람을 머리통을 이빨로 찍어서 아조 오독오독 뼈까지 씹어먹는디… 니미 생각할라니 나까지 토할 것 같네."

곧 은숙이 진정하고 돌아왔다.

"인자 괜찮냐잉. 밥이나 먹자. 배고픈디."

일행은 햇반을 뜯고 위에 데운 카레를 부었다. 반찬이라곤 짭짤한 스팸뿐이었지만 시장해서 그런지 무척 맛있었다. 한동안 말없이 식사에만 열중할 정도로 다들 허기진 상태였다.

"에휴. 이게 뭐라고… 그래도 이거라도 먹으니 좀 살 것 같네요. 근데 언니 왜 이렇게 많이 남겼어요?"

"…난 원래 잘 안 먹어. 버릇이야."

"그래도 먹을 수 있을 때 최대한 많이 먹어둬요. 지금 이렇게 식사 할 수 있는 것만으로 행운일지도 모르니까."

태랑의 말에 은숙이 마지못해 몇 숟가락을 더 떴다.

한모가 태랑에게 물었다.

"아야, 태랑이. 너 분명 꿈에서 미래를 봤다고 했나?"

"네. 근데 그걸 기록했던 노트북 파일이 모두 날아가 버렸으니…."

"그래도 대충은 기억하고 있제?"

"큼직한 사건들은 대충요. 제가 원래 이걸 소제로 소설을 쓰려고 했거든요."

"소설? 어머, 오빠 그럼 소설가였어요?"

"아니 소설가라긴 좀 애매한데… 예전에 공시 시작하기 전 장르소설을 좀 썼었어."

"장르소설이면 판타지나 무협지 같은 거?"

"아따. 그런 얘기는 난중에 둘만 있을 때 허고… 태랑이 그럼 내가 한 가지만 물어 보자잉."

"네."

"내일이면 살아남은 사람들이 모두 능력을 갖게 된다고 했제?"

"네."

"그러면 능력을 가진 그 뭐시냐… 각?"

"각성자."

"그래. 각성자가 되믄 이제 괴수들하고 싸울 수 있는 거여?"

"맞아요."

"그라믄 얼른 사람들을 끌어모아 최대한 힘을 합쳐야 겄구만. 한명이라도 쪽수가 많을수록 살아남기가 유리할 거 아녀?"

"아뇨. 그게 생각보다 복잡해요."

태랑은 스틱커피를 봉지를 찢어 쇠 컵에 붓더니, 코펠에 끓을 생수를 부어 껍데기로 휘휘 저었다. 뜨거운 커피가 목구멍을 타고 들어가자 살 것 같은 기분이 들었다. 군대에서 혹한기 훈련 당시 먹었던 커피만큼이나 꿀맛이었다.

"형님 말대로 인원이 많으면 그만큼 안정감은 있겠죠. 하지만 살아남기 위해선 최대한 빨리 능력을 끌어 올려야 해요."

"그거시 뭔 소리여? 알아먹기 쉽게 말혀봐."

"유치원생들이 아무리 많다 한들 무기 든 어른하나를 감당 할 수 있어요?"

"못하지."

"그것처럼 상위등급 몬스터들은 능력이 낮은 사람들이 쪽수만 모아 덤벼서는 절대 이길 수가 없어요. 하지만 여럿이 뭉쳐다니면 챠크라를 나눠가지는 문제가 발생하죠."

"보상되는 양이 정해져 있으니까?"

"맞아요. 예를 들면 둘이서도 충분히 사냥 가능한 몬스터를 넷이서 사냥한다면 안전함을 선택하는 대신 성장속도는 두 배로 느려지는 거죠."

"그러다 재수 없게 쎈 몬스터라도 만나는 날엔 제삿날 되는 거고?"

"네. 게다가 인간 사냥꾼들인 맨이터까지 고려해야 해요. 놈들은 분명 약자부터 해치우려 들 테니까요. 따라서 무조건 많이 뭉쳐 다니는 건 비효율 적이에요. 서로의 약점을 보완할 수 있는 정도의 소그룹이 오히려 훨씬 효율적일 수 있어요."

"뭔가 되게 복잡하구만…."

태랑의 설명이 길어질수록 유화는 고개를 갸웃거렸고, 은숙은 반신반의했으며, 한모는 팔짱을 끼우고 침묵했다.

태랑은 자신의 이야기가 다소 허황되게 들릴 수 있다는 것에 대해 충분히 알고 있었다. 때문에 그런 반응에도 괘념치 않았다. 어차피 내일이면 모든 게 증명될 것이다.

"아따 인자 막 골이 아파브다잉. 그러믄 어째야 되는 거여? 다시 옛날처럼 돌아갈 방법은 전혀 없어? 진짜 하늘에서 떨어진 괴물하고 오순도순 살아야 혀?"

"네. 어쨌든 벌어진 현실이니까요."

잠자코 듣고 있던 은숙이 의견을 냈다.

"그럼 차라리 계속 숨어 지내는 건 어떨까? 식량만 확보할 수 있으면 몬스터가 찾지 않는 오지에 틀어박혀도 되는 거잖아?"

"그렇게는 안 돼."

"왜? 지금 관악산에만 있어도 못 찾는데? 놈들은 사람들이 많은 곳을 찾는다며?"

"…계속 숨어 지내다간 3년 뒤 한국은 사람이 살 수 없는 땅이 되 버릴 거야."

"그건 또 무슨 소린데?

"그러니까…."

몬스터 인베이젼으로 내려온 몬스터는 쉽게 말해 선발대다.

그들의 목적은 3년 뒤 커널을 통해 밀려오는 본대를 맞이하는데 있다.

"본대? 설마 저 징그러운 것들이 전부가 아니라고?"

은숙이 두 팔로 스스로를 껴안고 몸을 떨었다.

그 덕에 풍만한 가슴이 도드라졌다.

"애석하게도… 맞아. 지금 내려온 괴수들은 본격적인 침공에 앞서 교두보를 확보하려는 선발대일 뿐이야. 놈들은 이제 고층 빌딩을 점거하고, 지하철역을 던전 삼아 테라포밍(Terraforming)을 시도 할 거야."

"테라포밍?"

"지구는 놈들이 살던 곳이 아니잖아. 그러니 자기 식으로 환경을 개조해 나가는 거지. 그 단계가 완료되면 커널이라는 것을 뚫어 본대가 넘어 올 수 있는 연결로를 생성할 거고."

"본대가 오면 어떻게 되는데?"

"오기 전에 무조건 막아야 돼. 무조건."

"왜?"

"그땐 진짜로 감당 못 할 괴수들이 쏟아져 나올 테니까."

태랑의 소설 플롯은 커널을 파괴하기 위한 영웅들의 분투를 그리고 있었다. 그것을 막지 못하면 한반도엔 더 이상 인간이 설자리가 없을 것이다.

"단순히 미친놈이 아닐까?"

"뭔 소리여 그게?"

저녁이 되기 전 일행은 텐트를 하나 더 설치했다. 기존 텐트가 2인용이라 넷이 자기엔 턱없이 부족했다.

유화의 의도는 하나를 더 펼쳐 남자텐트와 여자텐트로 구분할 생각이었으나, 은숙의 거부로 두 커플(?)은 각기 다른 텐트를 차지하게 되었다.

"태랑이라는 애 말야, 어차피 지 혼자 떠들 뿐이잖아. 아무런 근거도 없이. 오빠 저 말 믿어? 스텟창이니 아티펙트니 하는 말?"

"못 믿을 건 또 뭐여?"

"다른 것도 아니고 판타지 소설이나 쓰던 애라며… 같이 다니던 여자앤 공무원 시험 준비생이고. 난 쟤네들 하나도 못 믿겠어."

"흐흐. 너는 Y대 출신이라 이거여?"

"오빠 그걸 왜 또 꼬아 들어? 솔직히 신빙성이 없잖아. 꿈에서 봤다고? 세상에, 꿈에서 뭘 봤다 쳐도 어떻게 그게 미래에 벌어질 일이라고 확신할 수 있는데? 그냥 개꿈인 줄 어떻게 아느냐고."

한모가 드러누운 상태로 턱을 괴고 은숙을 똑바로 쳐다봤다. 커다란 그의 몸집 때문에 그렇잖아도 좁은 텐트가 더욱 비좁아 보였다.

"은숙이 니, 내가 사람 잘 안 믿는 거 알제?"

"그래. 오빠 나도 못 믿는다며?"

은숙이 토라진 목소리로 받아쳤다.

말속에 제법 서운한 감정이 실려 있었다.

"그래도 니는 내가 절반까지 믿는 사람이여."

"절반이 뭐야, 절반이. 난 오빠한테 다 줄 수도 있는데."

"내가 말했잖여. 나한테 절반이면 전부나 마찬가지라고."

"치…."

평소 도도한 모습의 은숙은 찾아 볼 수 없었다. 텐트 안에 한모와 나란히 누워있는 그녀는 영락없는 말괄량이 여중생의 표정이었다.

그녀는 한모와 단둘이 있을 때만 본연의 가면을 벗었다.

"물론 나라고 태랑이 말을 곧이곧대로 믿는 건 아닌디…."

"근데?"

"지금 당장은 믿어서 손해 볼 것도 없잖여. 생각혀봐, 만약 태랑이가 거짓말을 했다고 쳐보자고. 근다고 우덜이 손해볼 건 뭐여."

"손해야… 볼 거 없지."

"글치? 근디 진짜로 태랑이가 꿈에서 본 게 진짜 미래라고 쳐 보드라고. 짜식 말이 맞다면 우린 동앗줄을 잡은 거나 마찬가지여."

"동앗줄?"

"그라제, 안 글겄냐. 쟈는 앞으로 일어날 일을 다 알고 있는 거여. 우리가 어떻게 하면 살 수 있을지 알려줄 예언자 같은 사람이란 거제."

"…프로페타."

"뭐?"

"프로페타, 라틴어로 예언자란 뜻이야. 갑자기 생각나서."

"아, 맞다. 너 거시기, 이태리어 배웠다 그랬제? 대학 때?"

"어차피 써먹지도 못할 거."

"은숙아, 니 오빠랑 약속헌거 또 다 잊어붓냐잉."

"…뭘 또."

"나가 한 몫 단단히 챙기믄 니 대꼬 외국 나가 살기로 했 잖여. 느아버지 병원비로 진 빚도 다 갚아 블고."

은숙의 눈가가 촉촉해 졌다. 역시 한모는 잊지 않고 있 다.

은숙은 본래 명문 Y대에 다니던 우수한 재원이었다. 중 소기업을 운영하시는 아버지 슬하에서 귀하디 귀한 외동딸 로 자랐다.

그러나 외환위기를 겪으며 사업이 어려워지고, 믿었던 부하직원의 배신으로 회사가 부도에 이르자 집안 사정이 급격히 기울게 된다.

그녀는 곧바로 학업을 중단하고 과외를 서너개씩 뛰면서 집안 살림에 보탰다. 외교관이 되려던 꿈까지 접으면서 내 린 결정.

하지만 불행은 항상 어깨동무를 하고 온다던가?

사업 부도에 따른 스트레스로 끝내 아버지가 쓰러졌다. 이어진 합병증의 치료에 큰돈이 필요해지자 은숙은 일생일대의 결심을 하게 된다.

그것은 바로 텐프로에 들어가는 것이었다.

사실 은숙은 모델 같은 외모로 인해 재학 중 비밀리에 스폰서 제의를 받은 적이 있었다. 자신이 가진 젊음과 뛰어난 외모가 매우 높은 가치로 거래 될 수 있음을 그때 알게 되었다. 자본주의는 여성의 성을 사고파는데 저마다 가격을 매겼고, 자신은 그중에서도 최상품이었다.

단기간에 많은 돈을 벌 수 있는 다른 일을 떠올려 보았지만, 몇 번을 고민해도 선택의 여지가 없었다.

어차피 또래 남자들 사귀는 거나, 돈 받고 다른 남자 상대하는 거나 밑이 닳아지는 것은 똑같은 것이라 치부했다.

물론 그것은 비겁한 자기합리화에 불과했지만.

텐프로 생활이 어느 정도 적응이 되었을 때, 한모라는 사내가 새로운 실장으로 내려왔다.

한모는 첫인상이 좋지 않았다.

곰 같은 거대한 체격에 심한 사투리를 쓰는 한모는, 겁많은 그녀를 항상 위축시켰다. 가끔 그는 말없이 그녀를 쳐다보곤 했는데, 얼굴 근육을 비틀어 억지로 웃을 때면 소름이 돋는 것 같았다.

그러나 진상 손님에 걸려 머리채를 쥐어뜯기며 두들겨 맞던 날, VVIP를 손댈 순 없다면 다른 기도들이 발만 동동 구를 때 한모가 보여준 모습은 그녀를 매료시키기에 충분했다.

그날 밤의 그는, 정말이지 짐승과 같았다.

"야이 씨부럴 새끼가 감히 누굴 건드려 뒤질라고!"

"구, 구실장 나, 날세 자네 형님하고 친구인···."

"아가리 닫어, 이 개새끼야! 니가 친구면 나는 가족잉께!"

사건을 뒷수습하느라 조직은 골머리를 앓았다.

개처럼 얻어맞은 손님은 공권력을 동원해 그를 구속시키려 했고, 한모를 아끼는 보스는 온갖 수단을 동원해 그를 지켜냈다.

그러나 근신은 피할 수 없었다.

"니를 눈엣가시로 여기는 간부들이 이번 기회에 본때를 보여야 된다고 벼르고 있드라. 당분간은 조용히 자숙하고 있어. 보는 눈도 많으니까."

"···죄송합니다. 형님."

"대체 왜 그랬냐? 평소 그렇게 냉정하던 놈이. 그럴 필요까지 있었어?"

"···면목 없습니다요."

한모가 몇 달 뒤 업장으로 복귀했을 때 그를 가장 반긴 것은 당연히 은숙이었다.

"그땐 정말 고마웠어요… 실장님."

"별거시 다 고맙네. 담에도 누가 니 건들믄 나한테 말만 해라잉. 확 다리 몽뎅일 뿌라 블랑게. 알았제?"

"저한테 근데 왜 잘해주시는 거예요?"

"뭘 그런 걸 또 물어싼냐. 이쁜께 글제."

그 날 이후 두 사람은 몰래 정을 통하는 사이가 되었다.

"은숙이 언니도 참. 남자텐트 여자텐트로 나누자니까… 하긴 두 사람이 연인사이면 저게 당연한 거긴 한데…."

유화는 누가 물어보지도 않았는데 민망한 마음에 혼자 계속 중얼거렸다. 태랑은 별다른 대꾸 없이 침낭을 덮어쓴 체였다.

"…태랑오빠 자?"

"아니 뭐 좀 생각 하고 있어."

"무슨 생각?"

"한모 형 말이야…."

"응."

"그 탈옥수들 정말 풀어 준 걸까?"

"응? 아까 직접 보내주고 왔다고 했잖아."

"…그렇지?"

"혹시 다시 찾아올까봐서 그래? 걱정 마. 내가 있잖아."

유화는 자신감 넘치는 목소리로 두 주먹을 팡팡 부딪쳤다. 순진한 그녀는 한모가 설마 범죄자들을 죽였을 거라곤 전혀 생각 못하고 있었다.

그러나 태랑은 티내지 않고 있었지만, 한모가 어쩌면 그들을 입막음했을지도 모른다는 생각을 했다. 생각보다 늦은 복귀, 사라진 식칼 등이 증거였다.

태랑은 그가 필요하다면 언제든 살인을 저지를 수 있는 사람이란 걸 꿰뚫어 보았다.

'…계속 믿을 수 있을까? 만약 그가 스스로 맨이터를 자처한다면, 나는 너무 많은 정보를 악인에게 줘버린 것은 아닐까?'

한모가 각성초기 정보 불균형을 악용해 일반인들을 학살하고 다닌다면? 그것은 상상만으로 끔찍했다.

태랑은 앞으로 다른 사람들에게 쉽게 미래에 본 것은 알려주지 않아야겠다고 결심했다. 그리고 한모가 혹여나 나쁜 마음을 품는다면 반드시 저지할 것이다.

무슨 수를 써서라도.

3. 각성

포식의 군주

3. 각성

마침내 3일째 아침이 밝았다.

태랑은 배터리가 나갈까봐 꺼두었던 스마트폰의 전원을 켰다. 텐트 밖으로 나와 이리저리 움직여 보았지만 수신칸은 여전이 요지부동이었다.

"그거 해봤는데 안 되더라 나도."

"어? 나와 있었어요?"

"응. 근데 우리 동갑이라지 않았니? 존댓말 했다가, 반말했다가… 하나만 하지 그래?"

"그래도 초면인데…."

"난 뭐 초면 아닌가?"

은숙은 담요로 몸을 감싸고 있었다.

동트기 직전의 관악산은 무척 추웠다.

"그럼 그럴까?"

"난 첨부터 놨는데 뭘."

"근데 뭐하고 있었어? 혹시 요거?

태랑이 손가락에 뭔가를 끼워 입으로 가져가는 제스쳐를
취했다. 은숙이 미간을 찌푸렸다.

"야. 나 담배 안 피거든?"

"그래?"

"그렇다고 질색할 정도는 아니야. 너 혹시 피고 싶음
펴."

"그럼 사양 않고."

태랑은 주머니에서 담배를 꺼내 물었다. 아껴 피느라 아
침저녁으로 두 개피 만 태웠는데 어느덧 절반까지 줄어 있
었다.

이런 세상에선 담배도 금값이다.

"그리고 그런 일 한다고 다 담배 피우는 거 아니니까, 선
입견 같은 거 갖지 말아줘. 좀 기분 나쁘다."

은숙의 목소리는 제법 날 서있었다.

태랑이 바로 사과했다.

"미안. 실은 유화도 피워서 말야. 그래서 혹시나 싶어 물
어 본거야. 다른 뜻 없었어."

"알았어. 믿어주지."

태랑은 그녀가 어딘지 모르게 불편했다.

처음엔 단순히 부담스러운 외모 때문이라 생각했는데, 계속 지내다보니 얼굴보다는 그녀의 까칠한 성격에 더 적응이 힘들었다. 평상시라면 절대 친해지지 않을 타입이었다.

본인의 속내를 꽁꽁 숨기고, 타인과 일정한 거리를 벌이는 배타적인 태도는 확실히 다가서기 어려운 느낌이었다.

뭐랄까, 차도녀. 그래, 딱 그런 단어가 어울리는 여자다.

외모부터, 성격까지 완벽히.

"오늘이지? 니가 말했던 각성의 날."

"맞아."

"언제부터 시작이야? 각성이 되면 자동으로 알아?"

"시간까진 몰라. 3일째라는 것만 알 뿐."

"칫. 호언장담할 땐 언제고…."

은숙의 핀잔이 거슬렸지만 별다른 도리가 없었다.

태랑도 사실 슬슬 긴장이 되었다.

지금까진 모든 게 꿈과 일치했다. 과연 각성의 날마저 똑같을까?

"으~ 춥다. 언니 오빠 언제 일어났어요?"

유화가 한껏 기지개를 편 채 텐트에서 걸어 나왔다.

그녀는 밖에 나와 있는 두 사람을 보며 미묘한 표정을 지었다. 아무래도 은숙의 외모가 특출난 편이다 보니 같은 여자로서 신경이 쓰이는 건 어쩔 수 없는 모양이다.

"유화 잘 잤니?"

"뭐야? 태랑오빠 혼자 모닝 땡 한 거야? 보니까 나도 피구 싶잖아."

태랑은 헐거워지는 담배갑을 떠올렸지만, 없을 때 일수록 나눠야 한다 생각했다.

"너도 한 대 줄까?"

"됐어. 어차피 몇 개피 없을 거 아냐. 그냥 피던거나 줘."

"이걸?"

유화는 성큼 다가오더니 태랑이 들고 있던 담배를 뺏듯이 낚아챘다. 그러고는 태랑의 타액이 묻은 필터를 망설임 없이 입안에 밀어 넣었다.

유화의 과감한 행동에 태랑의 눈이 휘둥그레 졌다.

"야 그거… 내가 피우던 건데."

"한대 다 피진 않을 거라. 버리긴 아깝잖아."

유화가 찡긋 윙크했다.

그러면서도 시선은 계속 은숙을 향하는 게 지금의 행동이 다분히 그녀를 의식한 것임을 짐작케 했다.

'굳이 내 침 묻은 걸… 왜?'

태랑은 당황했지만 유화의 신경전은 사실 어제부터 시작되었다. 그 이유는 자꾸 유약한 모습을 내비치며 태랑의 시선을 잡아끄는 은숙과, 그 은숙에게로 자석처럼 향하는 태랑 때문이었다.

사실 남자로서 태랑의 반응은 아주 당연한 것이었지만, 유화는 그것이 못내 섭섭했다. 그의 관심을 혼자 독차지 하고 싶었다.

"난 그럼 한모오빠 좀 깨우고 올게."

유화의 발칙한 도발에도 은숙이 무시로 대응했다.

그녀 역시 눈치가 빠른 편이라 유화가 자신을 의식하고 있다는 걸 알고 있었다. 하지만 그녀는 두 사람의 유치한 사랑 놀음에 낄 생각 따위 전혀 없었다.

애초에 태랑은 전혀 자기 취향이 아니었다. 은숙이 텐트로 들어가자 유화가 태랑에게 물었다.

"둘이 무슨 얘기 했어요?"

"어. 각성 시간 아느냐고 물어보더라고."

"아항~ 근데 이제 서로 반말하는 사이?"

"동갑인데 언제까지 존댓말 할 순 없으니까."

"그렇구나. 그나저나 은숙 언니 참 예쁘지 않아요?"

유화가 손끝으로 담뱃재를 털어내는데, 그 손길이 가느다랗게 떨리고 있었다. 이쯤 되자 아무리 둔감한 태랑이라도 뭔가 느낌이 왔다.

'뭐야. 설마 유화가 나를 좋아하는 건가? 확인해 봐야겠다.'

"은숙이 예쁘지. 몸매도 모델 같고. 얼굴도 하얗고."

"그쵸? 사실 여자가 봐도 그래요…."

유화의 목소리가 살짝 실망한 눈치다.

태랑의 의심은 확신으로 바뀌었다.

'유화가 정말 나한테 마음이 있구나. 잠깐… 이건 뭔가 이상한데?'

태랑은 기분이 좋기도 했지만 갑자기 심한 위화감이 들었다.

그는 분명 유화의 캐릭터 시트를 직접 작성했었다.

배경을 상세히 적고 인물간의 관계도 역시 꿈에서 본대로 복잡하게 얽혀 놓았다. 그녀는 여자 조연이었으며, 작중에선 분명 주인공을 짝사랑 하는….

"자, 잠깐!"

"왜 그래요? 무슨 일 있어요?"

"뭐야 설마 그럼 내가!?"

순간 태랑의 몸에서 빛이 뿜어져 나왔다.

각성이 시작되었다.

그렇게 느닷없이.

작열통(灼熱痛).

그것은 인간이 가장 큰 고통을 느낀다는 불에 타들어 가는 고통을 말한다. 각성의 순간은 그런 작열통을 동반했다. 그러나 실제로 몸이 불탄 것은 아니고, 심장부근에서 강한 빛무리가 쏟아져 나오져 나왔을 뿐이다. 대신 고통은 딱 그 느낌이었다.

"흐아아아악!"

시간은 아주 짧았다. 고작 몇 초 정도?

그러나 작열통이 끝나자 몸 안의 세포가 완전히 재구성된 느낌이었다. 머리끝부터 발끝까지 쉴드 특유의 따뜻한 기운이 덧씌워졌다.

포스로 인해 기운이 용솟음 쳤으며, 시야는 보다 뚜렷해지고 감각도 예민하게 변했다. 마치 최고로 컨디션이 올라온 운동선수의 그것과 흡사했다. 유난히 감이 좋고, 원하는 데로 몸이 따라가는 느낌.

각성을 끝낸 태랑이 바닥에 철퍼덕 주저앉았다.

"허억… 허억…."

유화가 화들짝 놀라며 태랑 곁으로 다가왔다.

"오빠! 괜찮아요?"

그때 텐트 안에서도 빛무리가 번쩍였다. 누군가 각성을 시작한 것이다. 목소리로 봐선 한모 같았다.

"뭐, 뭐시여 이건 흐메! 뜨거운그!"

태랑은 유화에게 괜찮다는 손짓을 하며 재빨리 왼손으로

귀 뒤를 매만졌다. 그의 예상대로라면 자신의 정체는….

'세상에 진짜로 내가….'

[성명 : 김태랑, ♂(27)]

포스 : 10

쉴드 : 10

스킬 : (0/3Point)

'없음'

특성 : 특성 포식자

-죽인 몬스터의 특성을 강탈함.

-획득 특성(0)

태랑은 눈앞에 떠오르는 홀로그램을 보고 입을 다물지 못했다.

모든 각성자 중에서 가장 사기적인 특성을 가진 존재.

세상에 존재하는 어떤 몬스터든 죽이기만 한다면 그 특성을 빼앗아 버린다는 최강의 권능이 자신에게 부여된 것이다.

그것이 바로 소설 속 주인공이 갖게 되는 능력이었다.

"으헉 이것이 뭐시당가!"

그때 한모가 텐트를 열고 튀어 나왔다. 그 역시 짜릿한 작열통과 함께 각성을 경험하고 놀라는 중이었다.

"태랑이, 시방 이게 각성이여?"

"네. 저도 방금…."

"뭐여? 인자 어째야 되냐. 능력을 어떻게 확인한댔지?"

"왼쪽 귀를 만져보세요."

"이라고 말이여?"

한모가 귀에다 손을 갖다 대자 눈앞에 홀로그램이 펼쳐졌다. 홀로그램은 손을 댄 본인만 확인할 수 있으므로 태랑은 잠자코 기다렸다.

"뭐시여 이것이. 어디서 나타난 거여 이 화면은."

"저희한텐 안 보여요. 아마도 망막에 직접 투사되는 것 같아요."

"가만 있어봐라잉. 포스, 쉴드는 각각 10. 스킬은 뭐여? 난 왜 없어?"

"스킬은 사냥을 했을 때만 얻을 수 있어요. 그보다 특성은 뭘 받았어요?"

"가만있어봐, 내가 읽어 볼랑 게."

한모는 눈살을 찌푸리며 한동안 말이 없었다.

"나는 당최 소린 줄 모르겠는디? 니가 좀 볼 수 있냐?"

태랑이 알기로 상대방의 능력을 보기 위해선 두 가지 방법이 존재했다.

하나는 스카우터라 불리는 특수한 아티펙트를 이용하는 것, 그리고 또 하나는 직접 상대방의 귀에 손을 갖다 대는 것이었다.

"잠시 만요."

태랑이 손을 가져다 대자 한모가 순순히 귀를 내주었다. 당연한 말이지만 이는 아군에게는 유효해도 적대적인 이들에겐 불가능한 방법이다.

[성명 : 구한모, ♂(32)]
포스 : 10
쉴드 : 10
스킬 : (0/3Point)
'없음'
특성 : 강철 피부
-스킬 발동 시 받은 피해의 절반이 흡수됨.

"이건 꽤 좋은 특성 같아요."

"그려? 뭔 뜻 인디?"

"그러니까 나중에 형님에게 어떤 스킬이 생기면 그 스킬을 사용하는 동안 쉴드가 깎이는 속도가 절반으로 감해진다는 말이에요. 한마디로 몸빵을 주로 하는 탱커들의 특성인 거죠."

"그랴? 그라믄 니는 뭘로 받았어?"

태랑은 순간 망설였다.

포식의
군주 1

자신의 특성은 너무도 뛰어난 것이지만 사실상 강탈을 시작하기 전까지 아무런 특성이 없는 것이나 마찬가지였다.

'그를 믿어도 될까?'

한모는 잔인한 자다.

필요하다면 누구든 서슴없이 죽인다.

하지만 한모는 충직한 자이기도 하다.

혼란 중 큰형님의 안위를 걱정하는 모습에서 사나이의 의리가 느껴진다.

불신에는 배신으로, 신뢰에는 진심으로 화답할 자다.

잠시 고민하긴 했지만 한모가 먼저 자신의 특성을 알려주었듯이 자신도 솔직해질 필요가 있다고 생각했다.

본인이 먼저 불신해가지곤 절대 신뢰가 싹틀 수 없다.

또 한모에게 자신은 분명 필요한 존재다. 그의 배신을 걱정할 이유는 전혀 없다.

"특성 포식이라는 거에요. 죽인 몬스터의 특성을 빼앗아 오는 거죠."

"뭔지 몰라도 괜찮아 보이는디?"

"활용하기 나름이에요. 하급몬스터들은 특성이 거의 없다시피 하니까 뺏을 것도 없거든요. 특성을 포식하려면 강한 몬스터를 사냥해야 하죠. 그런데 왜 저희들만 먼저 각성이 된 걸까요?"

"그러게? 혹시 남자들만 먼저 되는 건가?"

그러나 말이 떨어지기 무섭게 유화와 은숙도 각성을 시작했다.

❖ ❖ ❖

온 몸이 타들어 가는 고통은 두 번 다시 경험하고 싶지 않은 것이었다.

비록 금세 사라지긴 하지만, 아마도 분신자살을 한다면 딱 이런 기분일 것이라 생각이 들었다.

유화의 특성은 예상대로 였다.

'근접전 마스터' 특성을 받은 그녀는 당장은 이곳에 모인 모든 이들을 압도했다. 반면 은숙의 특성은 전혀 의외였다.

"회복전문가? 이건 뭐야?"

그녀가 부여받은 특성은 회복전문가.

쉴드를 수복하는 회복 계열 스킬에 메리트를 지닌 특성이다.

보통의 회복 마법이 포스와 쉴드를 1:1로 교환한다면, 그녀의 특성은 그 교환비를 1:3으로 바꾸었다. 효율에서 비교를 불허했다.

"넌 회복계열 스킬부터 배워야겠다."

"회복계열 스킬?"

"지금 받은 특성이 회복계열의 스킬에만 적용되거든. 이 특성을 활용하면 다른 사람보다 훨씬 빠르고 효율적으로 쉴드를 보충해 줄 수 있어. 특성 그대로 회복전문가가 되는 셈이지."

일행은 아침을 때우며 앞으로의 일을 의논했다.

"제 생각인데 동트는 시점을 기준으로 모든 생존자들에게 능력이 부여된 것 같아요."

"그렇겠지? 남자 그리고 여자 순으로 말야."

"그라믄 이제 뭘 어떻게 해야 되는 거여? 그 노트북 찾으러 가야되나?"

"그건 당연하구요. 당장 먹을 것부터 해결해야 하지 않을까요?"

음식이 거의 떨어졌다. 아무리 각성을 마쳐도 인간은 음식을 먹어야 한다. 아침에 끓인 라면이 이들의 마지막 식량이었다.

"근데 먹을 건 어디서 구해?"

"도시에 가면 편의점이고 마트고 다 있잖아. 거길 털어야지. 어차피 긴급재난사태니 절도도 인정 안 될 테고."

"도시로 내려가자고? 괴물이 저렇게 득실대는데?"

"각성을 마치고 난 후라 이제 괴물과 싸울 수 있어."

"아 포스란 걸로?"

"그건 어떻게 써요, 오빠?"

"제가 직접 시범을 보여 드릴게요."

태랑은 바닥에 굴러다니는 작대기 하나를 집어 들었다.

"잘 보세요. 이렇게 손끝에 힘을 집중하면…."

태랑이 오른손에 힘을 주자 하얀 기운이 은은히 밀려나 오며 작대기를 둘러쌌다. 어둠속에서 봤다면 희미한 광선 검처럼 보일 것이다.

꿈에서 자주 보긴 했지만 실제로 목도한 것은 처음이라 본인도 놀라긴 마찬가지였다.

"…와, 진짜 되네? 암튼 이게 포스를 씌운다는 거예요. 이렇게 되면 괴물을 타격할 수 있게 되죠."

"아따, 고거시 참말이여?"

"네, 한번 해보세요. 어렵지 않아요."

일행은 돌아가면서 막대기를 들고 포스를 운용해 보았 다.

유화 차례가 되었을 때 태랑이 막아섰다.

"아냐. 넌 무기보다 맨손이 좋아."

"아, 특성 때문에?"

"그래. 근접전 마스터라는 특성은 맨주먹으로 싸울 때 가장 강하거든. 받은 특성을 최대한 활용해야지."

"맨손으론 어떻게 하는데?"

"원리는 똑같아. 두 주먹에 기를 모은다고 생각해고 힘 을 줘봐."

유화가 주먹을 움켜쥐자 이번엔 두 주먹이 은은히 빛으로 둘러싸였다.

"와. 신기하다."

"기억해둬. 포스는 소모적인 자원이야. 계속 그대로 있으면 포스가 금세 바닥 날거야. 지금 한번 스텟창 확인해봐."

유화가 자신의 귀를 매만졌다.

[성명 : 이유화, 우(25)]

포스 : 10 (99.8%)

쉴드 : 10

스킬 : (0/3Point)

'없음'

특성 : 근접전 마스터

-맨몸으로 싸울 경우 가진 포스의 5배 위력을 발휘한다.

"어? 아까랑 다른 게 보여. 99.8퍼센트란 수치가 뜨는데?"

"방금 포스를 조금 사용해서 그래. 잠시 쉬었다가 다시 보면 충전 되어 있을 거야."

"우아. 오빠는 정말 모르는 게 없구나."

당연한 소리.

비록 디테일한 정보는 노트북을 분실하면서 함께 사라져 버렸지만, 소설을 구상하면서 뒤적거렸던 세세한 설정들은 어렴풋 머릿속에 남아있다.

어떤 괴물이 무슨 특성을 가지고 있는지 알고, 어느 던전을·털어야 좋은 아티펙트가 떨어지는 지도 안다. 수천가지에 이르는 스킬과 특성 중 무엇이 쓸 만한 것인지, 뛰어난 능력과 선의(善意)를 가진 사람들도 모두 기억하고 있다.

한마디로, 이 세계는 자신이 창조한 것이나 다름없다.

다만 문제가 있었다.

부여받은 특성을 확장시키기 위해선, 필연적으로 상위 몬스터를 잡아야 한다는 점이다.

그러나 자신이 받은 특성은 특히 초반이 약하다.

게다가 처음엔 모두가 스킬이 없기 때문에 가장 약한 몬스터인 슬라임이나 고블린을 찾아다니면서 사냥해야 할지도 몰랐다.

그것은 시간도 오래 걸릴 뿐더러, 재수가 없으면 위험에 빠질 수도 있었다.

유화를 비롯한 한모와 은숙의 특성까지 공개되자 태랑에게 좋은 생각이 떠올랐다.

어쩌면 이들과 만난 것이 최고의 행운이 아닐까 하는 생각마저 들었다.

"제가 지금부터 제안하나 해도 될까요?"

"뭔데?"

태랑은 자신의 생각을 일행들에게 풀어냈다.

"당분간 모두 함께 움직이는 게 어떨까요?"

"같이 사냥다니자는 말이지 그거?"

"네. 전 솔직히 이렇게 4명이 모이게 될 것은 생각 못했어요. 하지만 부여받은 특성들을 보니 지금의 우리의 조합이 상당히 좋거든요."

"조합이 좋다라…."

"앞서 말한 데로 빠른 성장을 위해선 혼자는 무리고 많아도 불리해요. 지금과 같은 소그룹이 가장 적절하죠."

"계속 말혀봐."

"여기 한모형은 탱커의 자질을 갖췄고, 은숙이는 전형적인 힐러 특성이죠. 유화는 공격력이 탁월하고… 저는 남들에게 없는 정보가 있으니 저희 네 사람은 누구보다 빠르게 성장할 수 있을 겁니다."

태랑의 계획은 한마디로 선행 전략이다.

사람들이 각성을 깨닫고 자신의 능력을 제대로 활용하는 데는 얼마간 적응기가 필요할 것이다. 당장은 몸은 변해도 자신이 무엇을 할 수 있는지 모를 수 있다.

귀를 만져보지 않는 이상 스텟을 확인 할 수도 없고, 포스의 사용법을 알아채는 데만 어쩌면 일주일 이상 걸릴 지도 모른다.

"세상은 이미 변했어요. 받아들이기 힘들지만 당장 눈앞에 닥친 현실이죠. 아무리 발버둥 쳐도 바뀌는 건 없어요. 그럴 바에야 누구보다 먼저 적응하는 편이 낫죠. 초반에 약간의 격차가 나중엔 따라잡을 수 없을 만큼 벌어질 테니까."

태랑의 말은 모든 이들을 자극했다.

아직 많은 사람들은 이 사태가 언젠가 진정될 것이라는 낙관적인 생각을 하고 있을지도 모른다. 언제나 그랬듯 인류는 지혜를 모아 위기를 뛰어넘고 극복할 수 있을 거라고.

하지만 태랑이 볼 땐 아니다.

확실하게 아니라고 단정 지을 수 있다.

그는 남들이 보지 못한 미래를 보았다.

몬스터 인베이젼은 인류라는 종에게 닥친 진정한 위기였고, 과거에 사례를 찾을 수 없는 미증유의 사태였다.

기존의 상식과 모든 과학적 지식기반이 무너지고 새로운 세상이 열린 것이나 다름없었다.

변화는 필수적으로 적자(適者)를 추구한다.

도태되는 사람들은 소멸되고 말 것이다.

그리고 이곳에 있는 누구도 그것을 원치 않았다.

"그라믄 니 한번 믿어 볼란다."

"오빠?"

은숙이 놀란 눈으로 한모를 쳐다보았다. 그의 입에서 믿음이라는 단어가 튀어 나온 것은, 그를 모시는 보스를 제외하곤 전에 없던 일이었다.

"그려, 니 말마따나 이미 해까닥 뒤집어져븐 세상이여. 아무리 나라고 괴물놈들 헌티 잡아먹히지 말란 법도 없제. 니 말처럼 최대한 빨리 힘부터 길러야겄다."

한모는 태랑을 만나게 된 것이 일생일대의 행운이 될 수 있음을 깨달았다. 그는 과감히 배팅을 걸었다. 한모가 설득되자 자연히 은숙 역시 세트로 딸려왔다.

"그럼 나도 같이 할게."

"유화는 어쩔래?"

"나도 오빠 따를 거야. 고시원 의리가 있지."

"오케이. 그럼 이제부터 제 설명 잘 들으세요."

태랑의 목표는 최우선적으로 노트북을 찾는 것이었다.

"노트북 안에는 몬스터 인베이젼 이후 나타날 모든 몬스터와 스킬, 능력에 대한 설명 그리고 주요 아티펙트 정보가 담겨있어요. 그리고 가장 중요한 것은 '소멸자 세트'라 불리는 최종병기에 대한 조합법이죠. 자세한 내용은 차후에 따로 설명하겠지만, 어쨌든 노트북부터 빨리 회수해야 돼요."

한모는 조금 회의적이었다.

"그게 중요하다는 거야 다 알제. 근디 증말 찾을 수는 있는 거여? 막말로다가 도둥놈 새끼가 아직까지 살아있다는 보장도 없는 거 아녀?"

한모는 지하철에서 숨어있던 사람들이 학살당하는 것을 목격했다. 벌써 서울에서만 수백만 명이 목숨을 잃은 상황.

이틀 전 산을 내려갔다는 노트북 도둑이 아직까지 살아 있을 확률은 희박하다고 생각했다.

"형님 말대로 어쩌면 벌써 죽었을지도 모르죠. 하지만 죽었든, 살아있든 간에 수색은 해봐야 합니다."

"그려?"

"만에 하나 놈이 살아있다면, 얼굴에 있는 십자가 문신 덕에 확연히 눈에 띄겠죠. 또 설사 몬스터에게 잡아 먹혔더라도 놈들은 사람만 잡아먹으니 노트북 가방이 어딘가에 떨어져 있을 수도 있구요."

"잠깐. 너무 막연한 거 아닐까? 이성적으로 생각해, 태랑. 이건 헛간에 떨어진 바늘 찾기나 마찬가지야. 서울 바닥을 모조리 뒤지기라도 할 거야?"

은숙이 절레절레 고개를 흔들었다.

여기 모인 모두가 노트북에 든 파일이 중요하다는 것을 알고 있다.

하지만 현실적으로 잃어버린 노트북을 찾는다는 건 불가능에 가까웠다.

모두의 우려에도 불구하고 태랑은 주장을 굽히지 않았다.

"아니, 분명 찾을 수 있어."

"어떻게? 의지만 가지고 할 수 있는 일이 아니라고 보는데?"

은숙은 숫제 동생을 꾸중하는 누나같은 말투였다.

그녀는 태랑이 때를 쓰고 있다고 생각했다.

의지? 좋은 말이다.

하지만 세상엔 의지만 가지고 할 수 없는 일도 있는 법이다.

그게 가능했다면 자신 역시 템프로라는 지옥으로 발을 들이지 않았을 테니까.

"방금 헛간에서 바늘을 찾는 것 같다고 그랬어?"

"그래."

"미국 G.E.의 창립자 에디슨은 노력의 천재였어. 그는 수천번의 실패에도 좌절하지 않고 필라멘트를 발명해 냈지."

"누가 그걸 모르니? 그런 쌩뚱 맞은 말은 왜하는데 지금? 그래서 에디슨을 본받아 수천번이라도 찾아봐야 겠다는 말이니?"

"말 끊지 말고 내말 계속 들어봐. 그 에디슨을 보고 '니콜라 테슬라' 라는 진짜 천재 과학자가 이런 말을 했더랬지. '에디슨은 헛간에 떨어진 바늘을 찾기 위해서 몇 날 몇 일이고 헛간을 뒤질 수 있는 성실한 사람이다. 하지만 나라면 커다란 자석을 챙겨 들고 가겠다.' 고."

"지금 그거 비유야? …잠깐, 너 설마?"

"맞아. 난 에디슨이 아니고 테슬라의 방법을 쓰려는 거야. 사실 노트북에 추적 장치가 달려있거든."

태랑의 발언에 모두들 놀라 눈을 크게 떴다.

"시방 그 말이 참말이여?"

"에에? 그게 무슨 소리에요, 오빠?"

"실은 내가 노트북을 살 때 좀 무리를 했어. 애플사의 노트북으로."

"아! 맞다."

유화는 고시원에서 탈출할 당시 그가 방에서 노트북을 들고 오던 순간을 떠올렸다. 당시엔 단지 고가의 물건이라 챙겨온 것이라고만 생각했었다.

"그게 위치추적이 돼?"

"응, 가능해."

"뭐시라고야, 핸드폰도 아닌디?"

"애플 제품들은 스마트폰처럼 분실 방지를 위한 위치추적 기능이 걸려 있어요. 나의 폰 찾기 같은 거죠. 만약 놈이 한번이라도 와이파이를 잡았다거나 랜선을 연결했다면 곧바로 위치를 알 수 있어요. 아주 정확하진 않더라도."

"와! 대박! 그렇다면 진짜 찾을지도 모르겠는데?"

태랑의 반격에 은숙이 볼맨 목소리로 대답했다.

포식의
군주 1

"흠… 뭐 그렇다면 가능성은 좀 더 올라간다고 봐야겠지. 진작부터 그럼 위치추적이 된다고 말이나 하든가."

"그라믄 인자 돌아다님서 노트북을 찾아 보드라고. 그것만 하면 되는 거여?"

"동시에 우리 수준에 맞는 몬스터들도 사냥해야죠."

"우리 수준? 사냥?"

"그건 가면서 설명해 드릴게요."

태랑이 씨익 웃었다.

넷은 생존에 필요한 물품을 최소한으로 챙겼다. 텐트는 버리고 갔다. 어차피 도시에 내려가면 숙박에는 문제가 없었다.

당장 서울에 널린 게 빈집과 빈방이었다.

유화를 제외하곤 무기 겸 나무 몽둥이를 들었고, 한모는 특별히 뒷주머니에 식칼도 챙겼다.

"이제 출발하자. 최대한 천천히 움직여야 돼. 무리로 뭉쳐 다니는 놈들은 피하고, 특히 내가 도망치라고 외치면 뒤도 보지 말고 튀어."

"난 이게 잘하는 짓인지 모르겠는데…."

"강해지지 않으면 언젠간 잡아먹히고 말아. 싸워야 할 땐 과감해야지."

태랑의 대답에 은숙이 삐죽 입술을 내밀었다. 그녀는 아까 의견의 충돌을 일으킨 이후 살짝 감정이 상한 상태였다. 이성적으로는 태랑이 말이 옳다는 걸 알지만, 면전에서 반박을 당하자 괜히 자존심이 상했다.

그녀는 본래부터 불평불만이 많은 타입이다.

사사건건 비관적인 의견을 제시하고, 태랑의 주장에서 이치를 따지고 든다.

그러나 태랑은 그것마저 좋다고 생각했다.

YES만 있는 집단은 독선으로 치닫고 만다.

자신이 미래를 알고 있다고 하여 항상 옳을 순 없다.

어쩌면 미래를 알고 있다는 얄량한 자만심에 얼토당토않는 실수를 저지를지도 모른다.

때문에 주변에는 은숙처럼 비관적인 시각을 견지하는 사람이 꼭 필요했다.

그녀는 자신이 독단적인 판단을 내릴 때마다 좋은 견제자로서 역할을 수행할 것이다. 좋은 차란 엑셀만큼 브레이크의 성능도 중요한 법이니까.

관악산 아랫자락에 이르자 슬슬 건물들이 눈에 들어왔다. 인적 없는 서울의 거리는 조용하다 못해 적막이 흘렀다. 좀비 바이러스라도 퍼진 영화 속 도시처럼 을씨년스럽고 황량한 분위기였다.

"근디 몬스터 새끼들 하나도 안 보이는디?"

폭식의
군주 1

"그러게 다들 어디로 숨었지?"

"이건 몬스터 습성 때문이에요."

"무슨 말이야?"

"배를 채운 놈들은 어김없이 쉴 곳을 찾아 움직이죠. 왜 그런지는 모르겠는데 지하철처럼 어두컴컴한 곳이나, 전면이 유리로 된 고층건물의 상층부를 특히 좋아하거든요."

"한쪽은 너무 어둡고, 한쪽은 너무 밝은데? 왜 그렇게 극단적이야?"

"혹시 양의 주광성과 음의 주광성?"

"뭔 소리들 하는 거여 대체? 한국말 맞냐? 나는 무식혀서 뭔 말인지 당최 모르겄응께 쉽게 좀 설명혀."

"한마디로 빛을 좋아하고 싫어하는 선호도를 의미해요."

"그라믄 그렇게 말하믄 되지 알아듣지도 못허게 나빼고 지들끼리 암호 쓰고 있어."

"하하. 다음부턴 안 그럴게요."

"그럼 도시는 놈들에게 최적의 장소겠구나."

"맞아. 나중에는 사람들이 아예 이름도 바꿔 불러. 지하철은 '던전', 빌딩은 '타워'라고. 둘 다 몬스터들이 득실대는 곳이지."

"던전과 타워라… 딱히 틀린 비유는 아니네."

던전과 타워에 틀어박혀 있다가도 허기가 찾아오면 놈들은 인간을 사냥키 위해 밖으로 뛰쳐나온다.

"때문에 필드에서 만나는 몬스터는 항상 공격적일 수밖에 없어. 놈들에겐 우리가 식량이나 마찬가지거든."

"앗, 저기."

유화가 손가락을 가리킨 곳으로 정체불명의 생명체가 쭈그려 앉아있었다.

등에 난 회색의 털을 보아 결코 사람은 아니었다.

미지의 생물은 마치 무협 영화에 나오는 철사장 동작처럼 두 손을 교차해가며 밑을 후비고 있었는데, 유심히 보니 바닥엔 사람시체가 하나가 깔려 있었다.

"으윽, 저게 뭐야?"

"웨어 울프야. 쉽게 말해 늑대인간."

"강해?"

"아니. 다행히 A급 몬스터야.

"A급이면 높은 거 아냐?"

"아니 알파벳 오름차순으로 강하다는 뜻이야. A급 제일 약해. 지금 우리가 상대하기엔 딱 좋은 정도지."

"아항. 근데 저놈 지금 뭐하는 건데? 마치 뭔가를 파해치는 것 같은데…"

"웨어 울프는 특히 인간의 내장을 좋아해. 아마도 파먹고 있는 중이겠지."

태랑의 태연한 대답에 비위가 약한 은숙이 인상을 찌푸리며 고개를 돌렸다. 비록 먼 거리였지만 계속 지켜보자니

역겹기 짝이 없었다.

"확 뒤에서 까버릴까? 지금 완전히 정신 줄 놔븐 것 같은디?"

한모가 금방이라도 달려들 것처럼 몽둥이를 쳐들었다.

태랑은 그를 만류하며 주변부터 살폈다. 기억에 따르면 웨어 울프는 각개 사냥을 하지만 무리를 지어 이동하는 습성이 있다.

한 마리가 출몰했다는 것은 반경 5km 이내에 훨씬 많은 웨어 울프들이 산재해 있다는 소리. 한참동안 면밀히 둘러봤지만, 다행히 다른 녀석들은 보이지 않았다.

"좋은 기회군요. 주변에 녀석 혼자뿐인 것 같아요."

"그라믄 은숙이는 멀리 떨어져 있어. 다칠 수도 있응께."

"안 돼요. 다 같이 사냥해야 되요."

"어째야? 셋으로 부족하단 말여? 나가 은숙이 몫까지 할랑께."

"아뇨. 그런 뜻이 아니고, 혹시라도 스킬 차크라가 떨어질 수 있으니까요. 전투에 참여하지 않으면 보상에서도 배제되거든요."

"글다가 공격이라도 당하믄 우째?"

"그건 걱정 마세요. 쉴드가 유지되는 선에선 공격이 신체에 곧바로 타격을 주진 못해요. 정 위험하다 싶을 때 물러서도 되요."

"알았다잉. 니가 그라믄 그렇겠제. 말로만 떠들지 말고 언능 덮쳐 블자."

태랑은 본인이 가운데 서고 유화와 한모를 좌우로 두었다.

"나랑 한모형이 덤비면 유화 네가 기회를 엿보다가 결정타를 먹여. 은숙이도 최대한 몸 사리면서 뒤따라오고. 알았지?"

태랑은 몬스터 사냥에 익숙했다.

꿈에서 이미 수백 번 목격했기 때문이었다. 자연스레 그가 지휘를 맡은 가운데, 세 사람이 거리를 좁히고 들어갔다.

내장을 파먹는데 정신이 팔린 웨어 울프는 일행이 지근거리까지 다가오는데도 전혀 눈치 채지 못했다.

"지금!"

태랑의 신호에 한모가 과감하게 달려들었다. 그는 한걸음에 거리를 좁히더니 웨어 울프의 머리통을 향해 몽둥이로 풀스윙을 날렸다.

"염병헐 것, 뒤져브러!"

퍽ㅡ!

포스를 입힌 나무 몽둥이가 웨어 울프의 뒤통수를 강타했다.

웨어 울프는 충격을 받고 앞으로 쓰러졌다. 그런데 그대로 몸이 무너지는가 싶더니, 데구르르 몸을 굴러 반전해 일어서는 것이었다.

"크르르르!"

분명 공격은 완벽했다. 한모의 몽둥이질은 다년간의 조폭생활로 단련되어 있다. 그럼에도 쓰러지지 않은 걸 보면 맷집 하나는 끝내주는 놈이었다. 최저 등급의 몬스터지만, 인간의 내구성과는 비교를 불허했다.

웨어 울프는 잔뜩 화난 표정으로 한모를 공격했다. 그 모습이 늑대가 두발로 몸을 일으켜 사람을 넘어뜨리려는 것 같았다. 한모가 몽둥이로 실갱이를 하며 힘겨루기를 하는 사이, 유화가 사이드에서 파고들며 옆구리에 주먹을 꽂았다.

퍼억-

유화의 공격은 차원이 달랐다.

강한 포스가 담긴 그녀의 주먹은 건장한 덩치의 웨어 울프를 공중으로 2m나 들어올렸다. 조금 과장을 보태면 순간적으로 치솟은 복압으로 웨어 울프의 내장이 밖으로 튀어나올 정도였다.

추락하는 웨어 울프를 향해 태랑이 머리를 후려쳤다.

웨어 울프가 치명상을 입고 쓰러지자 한모와 은숙이 몰려와 연거푸 몽둥이질을 해댔다. 곧 웨어 울프가 한 무리 빛이 되며 사라졌다.

웨어 울프가 죽은 자리엔 붉은 색의 차크라가 남아 4명에게로 각각 흡수되었다. 결정타를 먹인 유화가 가장 많이, 마지막에 끼어 든 은숙은 가장 적은 보상을 받았다.

"스텟 한번 확인해 보세요. 아마 수치가 바뀌었을 거예요."

은숙이 귀 뒤를 매만지자 망막에 스텟창이 투사되었다.

[성명 : 박은숙, 우(27)]

포스 : 10.14 (96%)

쉴드 : 10

스킬 : (0/3Point)

'없음'

특성 : 회복전문가

-회복 계열 스킬에 2배의 계수가 붙는다.

"포스가 0.14 늘었네?"

"저는 0.54요."

"기여도가 높을수록 더 많이 받아."

"요 울픈가 뭐시긴가 생각보다 허접한디?"

"허접할 정도는 아니구, 유화가 지금 엄청 강해서 그래요. 5배 뻥튀기 데미지 덕에 포스가 50인 거나 마찬가지 거든요. 일단 스킬 차크라가 필요한 상황이니 계속 사냥 하죠."

스킬은 일정 포인트가 쌓이면 개방된다.

초반에는 요구치가 낮으므로 쉽게 스킬이 열리지만, 능력이 상승할수록 필요한 스킬 포인트 역시 덩달아 올랐다. 나중이 되면 몬스터를 수백 마리 죽여도 스킬 하나 얻기 힘들었다.

일행은 조심스럽게 주변을 뒤져가며 무리에서 외떨어진 웨어 울프들을 찾아냈다. 놈들이 내장을 파먹을 땐 주의력이 떨어지는 습성 탓에 기습하기가 수월했다.

순식간에 12마리의 웨어 울프들이 태랑 일행에게 사냥당했다. 그 중에서도 유화의 활약이 가장 눈부셨다. 강력한 특성을 부여받은 유화는 저랩 몬스터의 학살자였다.

웨어 울프가 죽고 나온 차크라 중 7개는 붉은색 차크라였고 4개는 쉴드를 올리는 푸른색, 그리고 운 좋게 맨 마지막에 녹색 빛을 띤 스킬 차크라가 떨어졌다.

보통 A급 몬스터에게 스킬 차크라가 떨어질 확률이 2% 미만이므로 강운이 따랐다고 볼 수 있었다. 아직은 스킬 포인트 요구치가 낮았기 때문에 단 한번 차크라 획득 만으로 스킬이 개방되었다.

유화가 얻은 것은 '주먹연타'.

보이지 않을 정도로 빠른 소나기 펀치를 퍼부어 상대에게 순간적으로 공격력의 300%를 날리는 기술로, 격투기 베이스인 그녀에겐 안성맞춤인 기술이었다. 단 포스소모량이 심한편이라 연속으로 사용하기엔 부담이 따랐다.

한모는 광역 스턴기인 '대지격동'을 손에 넣었다.

크게 오른발을 구르면 반경 3m 이내의 몬스터들이 충격파를 입고 스턴이 걸리는 기술. 여진이 잔존하는 5분간 받은 피해의 절반이 상쇄되는 특성을 활용한다면 강력한 탱킹이 가능했다.

은숙은 바라고 있던 회복 계열 스킬 '베리어'를 부여받았다.

베리어는 포스를 소모하여 특정 대상에게 투명한 구체형태의 방어막을 둘러치는 기술로, 쉴드가 깎이기 전까지 먼저 데미지를 흡수할 수 있었다. 포스의 소모가 무척 큰 기술이지만, 그녀의 특성 '회복전문가'가 적용되어 효율이 높아졌다.

다들 특성에 적합한 스킬을 받았다며 좋아하는데 태랑의 표정만 밝지 못했다.

"오빠 무슨 스킬 받았어요?"

"흠, 이건 좀…."

태랑은 설정집에 담긴 모든 스킬을 기억하진 못해도 좋은 스킬 몇 가지는 알고 있었다.

가령 화염이나 뇌전 혹은 빙결계열 등의 마법스킬은 순간적으로 폭발적인 딜을 넣을 수 있는 강력한 공격기술이었다. 또는 한모가 얻은 '대지격동'처럼, 적들을 전투불능에 빠뜨리는 군중제어기(Crowd Control, 이하 CC기)도 있었다.

아니면 보조적인 회복 계열의 스킬이라든가, 포스 재생력이나 공격 속도를 상향시키는 버프 계열도 괜찮았다. 특히 버프 계열 스킬은 오라를 넓게 퍼뜨려 파티원 전체에 영향을 주는 범위기로서 전투력 상승 효과가 탁월했다.

하지만 본인이 받은 스킬은 위에 언급한 스킬들과는 전혀 다른 종류였다.

"레이즈 스켈레톤?"

"이게 뭔데요?"

"소환계열 스킬 중에서 네크로맨서 기술이야."

"네크로맨서라면… 설마 시체를 부린다고?"

"아니, 정확히는 사람 시체가 아니고 소환수요."

"무슨 흑마법사도 아니고, 거참."

"…휴, 그러니까."

태랑이 울상을 지었다.

소환계열 스킬은 드문 편에 속했는데 그중에서도 정령, 환수, 골램 류를 건너 띄고 하필이면 대부분 혐오하는 강령술 계통이었다.

더구나 현재 스킬레벨은 '1' 밖에 되지 않아 해골병사도 고작 3마리만 소환가능 했다.

"레이즈 스켈레톤!"

태랑이 시험 삼아 스킬을 사용하자 잠시 후 땅 밑을 파해 치고 3마리의 해골들이 기어 나왔다. 퀭한 몰골의 해골

바가지들은 동공 부위에 검은색 빛이 떠올라 있어, 배짱이 좋은 한모 마저 움찔 물러설 만큼 기괴한 모습이었다.

"해골들은 대체 어디서 나타난 거야? 아래 무덤이 있는 것도 아닐 텐데? 게다가 무기도 하나씩 들고 있네?"

"보기 좀 꺼림칙해서 그렇지 실제 사람 해골은 아니야. 소환수는 자연계의 원소를 재조합해서 만들어져. 들고 있는 뼈 무기도 사실상 한 몸이나 마찬가지지. 몸에서 분리되지 않으니까."

"아따 거시기, 자세히 본께 소싯적 과학실험실에 있던 뼈다구들이랑 똑같구마잉. 이것들은 그럼 니 말만 듣는 겨?"

"네. 소환수는 제 포스를 공유하면서 몬스터를 공격할 수 있어요."

"근디 아그들이 뼈밖에 없어 가꼬… 겁나 약해 보이는디?"

"맞아요. 실제로도 많이 약하죠. 제가 가진 특성이 소환 계열쪽으로 특화된 것도 아닌데다, 지금은 포스도 낮으니 그에 비례한 수환수의 공격력도 떨어지죠. 유화, 새로 얻은 스킬로 애들 때려봐."

"정말? 그래도 돼?"

"괜찮아. 맷집 좀 확인해봐야 할 것 같아서. 부서지면 또 소환하면 돼."

태랑의 의지에 따라 스켈레톤 한 마리가 천천히 유화에게 다가갔다. 거대한 정강이뼈를 든 해골병사가 두 팔을 늘어뜨리고 무방비로 섰다.

유화는 움찔 놀라다가도, 실제 사람 백골이 아니라는 소리에 자세를 가다듬더니 기술을 준비했다. 획득한 스킬은 마치 몸에 각인된 것처럼 자동으로 펼쳐졌다.

"흐아아압!"

'주먹연타'가 빠르게 스켈레톤에게 쏟아졌다. 주먹이 동시에 수십 개로 늘어나 보일정도로 엄청 빠른 소나기 펀치였다.

스켈레톤이 순식간에 산산조각 나며 바스러졌다.

예상대로 너무 약했다. 이 정도라면 태랑 자신도 어렵지 않게 해치울 수 있을 것 같았다.

다들 쓸 만한 스킬을 얻었는데, 자기 혼자 있으나 마나한 스킬이라니….

태랑은 바닥에 모닥불 장작처럼 찌그러진 해골병사를 바라보며 풀이 죽었다. 특성은 현재로선 없는 것이나 마찬가지였고, 그나마 얻은 스킬은 더더욱 쓸모없었다.

소설 속 플롯에서는 주인공이 초반부터 좋은 특성들을 골라 수집해가며 빠르게 성장하는데, 정작 본인은 주변 동료들에 비해서도 한참 처지는 상황.

에이스 유화는 말할 것도 없고, 탱커 한모는 물론 팀

전체로 보면 힐러인 은숙 만도 못했다.

'이래가지곤 제대로 성장도 못 하겠군. 소환관련 특성이 없다보니 소환수들이 너무 약해. 스킬로 이걸 받을 줄 알았으면 특성 포식 같은 거 말고 차라리 언데드 관련 특성을 받았어야 했는데….'

스킬의 획득은 순전히 운이다.

스킬 포인트를 모아 새로운 스킬을 배우거나 이전에 배운 스킬을 강화할 수 있는데, 이 경우 새로 등장하는 스킬들은 완전한 랜덤으로 결정된다.

본인이 받은 특성과 관련되면 금상첨화지만, 지금 같은 경우엔 아무 상관이 없었다.

'백지나 다름없는 특성에, 쓸모없는 해골병사 소환 스킬이라니… 이런 낭패가 있나. 가만, 백지라고?'

갑자기 태랑의 머릿속에 번개처럼 섬광이 번뜩였다.

남들은 다 현금을 받는데 혼자만 빈 종이를 받았다며 미련하게 자책하고 있었다. 그러나 자신이 받은 것은, 써넣는 숫자에 따라 억만금으로 바뀔 수 있는 백지수표나 마찬가지였다.

'그래! 특성을 내가 고르면 되는 거잖아?'

그는 전혀 기대하지 않은 스킬을 받았지만, 다행스럽게도 자신에게는 특성을 고를 수 있는 사기적인 권능이 있었다.

'맞아. 나는 몬스터의 특성을 먹어치우는 포식자. 이렇게 된 이상 소환 관련 특성을 모조리 흡수해 주지.'

태랑의 머리가 빠르게 돌아가기 시작했다.

"니미럴, 들르는 곳마다 정전이니… 어디 전선 씹어 먹는 괴물이라도 있나?"

"이래선 전혀 컴퓨터를 쓸 수 없겠어요. 와이파이 같은 것도 공유기가 꺼지는 바람에 다 죽었어요."

정전으로 인해 들르는 곳마다 컴퓨터가 먹통이었다. 아마 누전으로 인한 2차 화재를 우려, 섹터 전체를 차단시킨 것 같았다.

"아무리 그래도 서울시 전체를 차단시키진 않았을 테고… 다른 곳으로 이동해 전기가 통하는 곳을 찾아봐야 겠어요."

"일단 배부터 채우자, 저쪽에 편의점 있던데."

일행은 유리창이 박살난 편의점 안으로 들어갔다. 벌써 사람들이 한바탕 휩쓸고 갔는지 진열대가 엉망진창이었다. 특히 현금이 들어있는 계산대는 뭔가에 맞아 부서져 있었는데 안이 텅 빈 체 동전 몇 개 밖에 보이지 않았다.

"여기 있는 금고를 누가 털어갔나 본데요?"

"나원, 지금 같은 세상에 돈이 무슨 소용이라고…."

"돈 넣을 주머니가 있다면 초코바나 하나 더 챙기겠네."

태랑은 그렇게 말하며 스니커즈를 한입 베어 물었다.

그는 하산 할 때 챙긴 등산 가방안에 보관이 용이하고 유
통기한이 긴 음식물을 쑤셔 넣었다. 커다란 등산 가방이 곧
빵빵하게 들어찼다.

"뭘 무겁게 많이 넣어? 어떻게 들려고?"

"좋은 생각이 났어. 내 스킬이 전투엔 별 도움 안 되겠지
만 짐꾼 3마리가 생긴 거나 마찬가지거든."

"아하! 근데 제네 허약해가지고 제대로 들 수나 있겠어?"

"스킬 상세 설명을 보면 검은 눈빛을 가진 스켈레톤은
전사형 타입이라고 나와 있어. 나중에 스킬레벨이 올라가
면 자동으로 갑옷도 입혀진다 하니 배낭 들 힘 정돈 있을
거야."

"스킬에 상세 설명이 있었어?"

"스탯창 띄운다음 스킬 밑에 있는 +버튼을 누르면 활성
화 돼."

태랑이 시범을 보이는 것처럼 귀 뒤를 매만져 스탯창을
띄워 화면을 터치했다. 물론 그것은 그의 착각이었는데, 남
들이 보기엔 그저 혼자서 귀를 만지며 다른 손으로 허공을
찌르고 있는 것처럼 비춰졌다.

폭식의
군주 1

[성명 : 김태랑, ♂(27)]

포스 : 12.45(70%)

쉴드 : 11.12

스킬 : (1/9 Point)

'레이즈 스켈레톤' (1Lv)

+포스의 30%를 사용해 동시에 3마리의 해골병사를 소환해 둘 수 있음.

+활성화 되어 있는 동안 포스가 소모됨.

+해골 눈동자의 색에 따라 속성이 달라짐.

+다음 스킬레벨에 도달하면 동시에 6마리의 해골을 소환할 수 있음.

+다음 스킬레벨에 도달하면 스켈레톤 궁수가 등장함.

특성 : 특성 포식자

-죽인 몬스터의 특성을 강탈함.

-획득 특성(0)

스킬 설명을 확인 한 태랑은 이어 소환된 스켈레톤 두 마리에게 짐 가방을 들도록 지시했다. 그중 한개는 지리산 종주도 가능할 만큼 높이 쌓아올렸음에도, 별 흔들림 없이 버티고 섰다.

"이햐. 보기보다 힘이 좋네?"

"긍께잉~ 맷집이 약해서 그라제, 나름 쓸 데가 있구만."

"그나저나 태랑, 도시는 정전이고 해는 곧 어두워 질 것 같은데 이제 어떻게 할 거야?"

일행의 눈이 태랑의 입으로 쏠렸다.

다들 말은 안했지만 자연스레 태랑을 리더로 여겼다.

"빈집을 찾아 묵을 곳부터 구하죠. 시야가 제한되면 불리한 건 저희 쪽이니까요. 되도록 낮에만 이동하도록 해요."

"아따, 차라도 한 대 있으믄 딱 좋겠는디…."

"있어봐야 뭐하겠어요. 어차피 달릴 도로도 없는데."

도로 위엔 사람들이 급히 버리고 간 차들이 가득이었다. 출근길에 꽉 막힌 러시아워를 보는 듯 했다. 서울 도심 대부분이 저런 상황이다보니 도로가 폐쇄 된 것이나 마찬가지였다.

고도의 과학 문명을 자랑하던 인류는, 전기가 끊기고 통신이 단절되자 한순간에 근대 이전으로 추락해 버렸다. 남은 것은 100년도 버틸 수 있다는 콘크리트 건물과 유통기한이 긴 가공 식품이 전부였다.

시민들은 남부지방이 아직 몬스터 인베이젼의 피해를 받지 않았다는 소식에 상당수가 피난길에 올랐다. 물론 목숨을 건 탈출이었고, 이동 중에도 많은 사람들이 죽었다.

아직 도시에 남은 사람들은 미처 소식을 듣지 못 했거나, 도망칠 시기를 놓치고 고립된 경우였다.

따라서 도시엔 빈집이 넘쳐났다.

일행은 텅 빈 2층 주택에 들어가 짐을 풀었다. 집주인은 겨우 몸만 빼냈는지 살림의 흔적이 아직 남아있었다.

태랑은 대문을 걸어 잠그고, 커다란 짐을 이용해 집안으로 통하는 곳곳에 바리케이트를 세웠다. 다행히 주변에 몬스터가 없었는지, 다음날 아침까지 별다른 일은 벌어지지 않았다.

아침을 냉장고에 있던 빵으로 때우며 태랑이 말했다.

"낙성대 역으로 가자."

"갑자기 뜬금없이 낙성대?"

"어차피 지금 이 쪽 구역은 다 정전이잖아. 노트북을 찾으려면 전기도 통하고 인터넷도 써야 되니까 어디로든 이동해야 되는 상황이야. 마침 여기서 가까운 낙성대역에 아티펙트를 구할 방법이 있어. 가는 길이니 들르는 게 좋을 것 같아."

"아티펙트라고?"

"낙성대 역의 보스 리치킹을 물리치면 '뼈의 장벽'이라 불리는 방패가 하나 나와. 탱커인 한모 형 쓰기엔 딱 좋거든. 나 역시 소환 특성도 얻을 수 있고."

태랑 입장에선 아티펙트는 누가 갖더라도 상관없었다.

그에게 필요한 것은 오로지 리치킹이 갖고 있는 특성뿐이
었다.

혼자만 챙겼다간 욕심쟁이 취급을 받을 것이다. 그런 식
이면 곧 불만이 싹튼다. 때문에 태랑은 레벨링과 아티펙트
로 보상을 제시했다. 위험을 무릅쓰는 대신 적절한 반대급
부라 할 수 있었다.

"보스 이름이 리치킹이야? 리치라니까 왠지 강해 보이는
데?"

"맞아. 놈은 C급 몬스터야. 그래도 다른 던전 보스에 비
하면 상대적으로 약한 축이지. 지금 우리 구성이면 충분히
해볼 만한 상대라고 생각해."

"근데 자꾸 A급이니 C급 이니 하는데 그게 대체 뭐야?
무슨 기준으로 정해지는 건데?"

태랑이 설명했다.

"등급을 이해하려면 일단 포식력이란 개념먼저 알아야
돼."

"포식력?"

"그러니까…."

포식력이란 해당 몬스터가 배를 채우는데 얼마나 많은
인간이 필요한지를 의미한다. 가령 포식력이 10인 몬스터
는 10명을 잡아먹고 나면 포만감에 빠져 한동안 식인 행위
를 멈춘다.

"A급 몬스터란 평균 포식력 1~10 범주에 드는 괴물을 의미해. 알파벳이 올라갈수록 포식력의 수치가 커지지. 당연한 얘기지만 포식력이 높을수록 더 강하고."

"아, 그렇구나."

"그럼 C등급은 무조건 A보다 강하겠네?"

"맞아. 개체마다 약간의 차이는 있지만, 사자와 얼룩말의 능력치가 확연한 것처럼 등급은 극복 불가능한 수준차를 의미해. 엎치락뒤치락 하는 것들은 같은 등급 안에서의 경우지."

최초 각성된 능력이라면 다소 개인차는 있지만, A급 몬스터까지 상대할 수 있다.

A급 몬스터를 지속적으로 사냥해 포스와 쉴드를 강화하고 나면 보다 상급의 몬스터를 공략할 수 있게 된다. 이렇게 점진적으로 능력치를 올리는 과정을 '레벨링' 이라 부른다.

"다른 각성자들은 아직 어떤 몬스터가 포식력이 높고 낮은지 잘 모를 거야. 그건 크기나 외형만 가지곤 구분이 안되거든. 사람들이 사냥을 시작하면서 정보가 공유되고 등급의 구분도 시작되지. 그런 체계가 잡히는 데 최소한 한 달이상 걸려."

"아하, 근데 넌 그 사실을 미리 알고 있다는 거군?"

"그렇지. 지금 우리가 가진 것은 남들보다 앞선 정보력이야. 모두 무인도에 떨어진 상황이라고 가정한다면, 우리에겐 섬의 정보가 가득 담긴 지도가 하나 쥐어진 셈이지.”

“와, 오빠 소설가라더니 비유도 잘한다. 멋있어.”

“아니 소설가라고 할 정돈 아니고….”

유화의 칭찬에 태랑이 멋쩍게 뒤통수를 긁적거렸다.

낙성대 역 까지는 현 위치에서 도보로 2시간 쯤 걸리는 거리였다. 태랑이 소환한 해골병사 3마리는 각기 척후병과 병참병의 역할을 일임했다.

“얘네들 생각보다 쓸 만한데?”

“그러게요 언니, 자꾸 보니까 은근 귀여운 구석도 있네요. 밤에 보면 섬뜩할 것 같지만….”

“아따, 그나저나 이짝도 몬스터고 사람이고 코빼기도 안 보이는구만.”

“첫 3일간 괴물들에게 일방적으로 당했으니 겁이 나서 다들 숨어있을 거예요. 각성을 마쳤더라도 그 의미를 깨닫는 데 다소 시간이 걸리겠죠.”

“하기사 나는 스텟인지 뭔지 눈으로 봐도 모르 겄드라. 포스 쓰는 법도 아직 신기하고.”

낙성대 역에 당도한 일행은, 자전거 가게에서 구한 밴드

포식의
군주 1

형 플레쉬를 머리에 썼다. 광부의 헬맷에 달린 그것처럼 모두의 머리가 하얀 빛으로 반짝였다.

태랑은 이어 해골 병사의 머리에도 플레쉬를 씌웠다.

"해골들한테도 줘? 걔네들은 눈도 없잖아."

"정전 때문에 밑에 조명이 없어서 많이 어두울 거야. 될 수 있는 한 광원을 확보해야 돼."

"짐은 여기 두고 가?"

"백팩 맨 상태로는 해골병사들 싸우는데 걸리적 거릴 거야. 나중에 다시 올라와 찾지 뭐. 이번엔 잊어버려도 상관없는 것들이니."

"으. 근데 안에 대체 몬스터가 몇 마리나 있는 걸까요?"

"…들어가 보면 알겠지."

태랑도 긴장되는지 크게 심호흡 했다. 아마 생존자들이 멀리서 그들의 모습을 지켜봤다면 자살특공대라고 손가락질 했을 것이다. 몬스터가 가득 찬 지하철로 들어가다니…

이마에 플레쉬를 채운 해골병사들이 선두로, 태랑 일행이 낙성대 역 안으로 들어갔다.

조명이 꺼진 역사(驛舍)내부는 음침하기 짝이 없었다.

칠흑 같은 어둠 사이로 하얀 플레쉬 불빛이 레이져 빔처럼 쏘아졌다. 해골병사를 포함, 모두 7개의 LED 플레쉬가 빛을 발하자 전방의 시선이 또렷이 확보되었다.

"이제부터 다들 긴장해야 돼. 포스는 절대 남발하지 말고.

특히 한모 형은 스킬 쓰고 나면 최대한 몸빵으로 버텨 주세요. 공격은 유화랑 제 스켈레톤이 할 거에요. 은숙이는 위험하다 싶으면 곧바로 쉴드 쓰구."

"오케이!"

"알았어."

"오빠, 혹시 안에 어떤 몬스터가 있는지도 알아?"

"아니. 보스만 겨우 기억해 낸 거야. 서울에 있는 지하철역 갯수만큼 던전이 있고, 안에 든 몬스터는 더더욱 많으니까."

"흠, 좀 불안한데…."

그때였다. 어둠속에서 무언가 뛰쳐나오며 선두에 선 해골 병사를 공격했다. 매복한 암살자가 튀어 나온 것처럼 갑작스러웠기 때문에 다들 화들짝 놀랐다.

"뭐, 뭐야!"

"몬스터다! 조심해!"

놈은 인간 형태의 괴수로 키가 크고 비쩍 마른 스키니한 몸매를 가지고 있었다. 온몸은 투명한 회백질로 덮여있고, 두 손이 있어야 할 곳엔 길다란 발톱이 칼처럼 삐죽 튀어나왔다.

'씬맨(Thin Man)이다!'

씬맨이라 불리는 괴수는 몬스터 인베이젼이 시작되었을 때 태랑이 처음으로 목격한 몬스터였다. 고시원 옥상에서 내려 봤을 때 사람을 두 동강 내며 날뛰던 바로 그 놈.

"다들 조심해요!"

"뭐야, 이놈 강해?"

"아니 A급 정도야. 대신 절삭력이 높은 발톱을 장검처럼 휘둘러. 워낙 날카롭다보니 놈의 칼에 베이면 쉴드가 버티질 못 할 거야. 공격당해선 안 돼."

태랑은 소리치는 와중에서도 정신을 집중해 스켈레톤을 조정했다.

놈이 다행히 선두에 서있던 스켈레톤부터 공격했기 때문에 기습에 당한 사람은 없었다. 대신 씬맨의 팔이 휘둘러질 때마다, 해골 병사들의 팔다리가 뭉텅뭉텅 잘려나갔다. 태랑은 자신의 피조물들이 손상되는 것을 보자 속이 쓰렸다.

'제기랄, 장난 아닌데?'

해골병사의 허약한 내구력으로 씬맨의 공격을 버티기 버거워 보였다. 곧 해골병사 하나가 허리가 완전히 두 동강 난 채 무너졌다. 그사이 가까이 파고든 한모가 크게 오른발을 굴러 대지격동을 시전했다.

콰앙!

지하철 바닥이 충격 지점을 중심으로 빙판 쪼개지듯 쩍쩍 갈라졌다. 그 반동에 씬맨이 스턴에 걸렸다. 대지격동의 범위에 속한 적은 5초간 정신을 차리지 못한다.

165

태랑은 재빨리 남은 두 마리 해골병사를 조정해 씬맨을 노렸다.

씬맨은 뛰어난 공격력에 비해 내구력이 약했다. 해골병사의 몽둥이질 한방에 놈의 머리통이 수박처럼 터져나갔다. 씬맨이 죽고 나온 차크라는 자연스럽게 한모와 태랑에게로 흡수되었다.

그러나 한모의 발구르기가 신호탄이 된 것일까?

어둠 속에서 훨씬 더 많은 씬맨이 몰려나오기 시작했다.

어림잡아도 10마리 이상. 두 손에 쌍검을 착용한 모습은, 후퇴를 모르는 사무라이를 떠올리게 했다.

"이런 씨부럴…."

한모는 욕지거릴 내뱉더니 어제 습득한 빠루(노루발 못뽑이)를 들어 바닥을 찍었다. 쇠가 콘크리트 바닥과 충돌하며 쿵하는 소음을 만들었다.

"덤벼 이 잡것들아. 어디서 연장질이여? 확 대갈통을 조사블라니까."

한모는 일부러 씬맨들의 시선을 끌며 공격을 유도했다.

태랑의 해골병사들도 그의 옆을 지키며 수비에 동참했다. 그러나 씬맨의 공격이 워낙 매서웠고 숫자 역시 많았기 때문에 오래 버티긴 힘들어 보였다.

"은숙! 베리어 쓸 수 있지?"

"응! 지금 한모 오빠한테 걸까?"

"아니, 아니야! 한모 형은 막 스킬을 쓴 직후라 특성이 발휘되 괜찮을 거야. 차라리 유화한테 걸어."

"뭐? 지금 놈들과 싸우고 있는 건 오빠잖아!"

"우리 공격수는 유화야!"

은숙은 한모가 걱정되어 입술을 질끈 깨물었다. 그러나 리더인 태랑의 판단을 거스를 순 없었다.

그는 미래를 알고 있다. 분명 생각이 있을 것이다.

'한모씨 다치기만 해, 가만 안 둬.'

은숙이 곧 유화에게 베리어 스킬을 걸자 곧 유화의 몸 주위로 노란색 막이 형성되었다. 마치 그녀가 투명한 풍선 속으로 들어간 것처럼 보였다.

"지금이야! 유화, 쓸어버려!"

유화는 무기가 없는 상태였으므로 쌍칼을 든 씬맨에게 덤벼들기 조심스러웠다. 그러나 은숙이 보호막을 걸자 자신감이 생겼다.

"이야아압!"

씬맨 사이로 파고든 유화는 손발을 모두 써가며 사방팔 방 날뛰었다. 액션배우 같은 화려한 주먹질과 발차기가 연속으로 펼쳐졌다. 맷집이 약한 씬맨은 유화의 공격에 당하는 족족 몸이 터지며 차크라로 화했다.

순식간에 10여 마리가 넘는 씬맨이 정리되었다. 차크라가 차곡차곡 쌓이자 태랑 일행은 더욱 강해지는 느낌이 들었다.

"벌써 포스가 11을 넘어브렀구마잉."

"저도요."

"이상해. 나는 안 싸웠는데도 올랐어."

"전투 중 도움이 되는 스킬을 사용하면 전투에 참여한 것으로 인정 돼."

"아하, 그렇구나."

레벨링의 기쁨도 잠시, 태랑은 쓰러진 해골병사를 다시 일으켜 세우느라 포스를 더욱 소모해야 했다.

'포스가 벌써 50% 밑으로 떨어졌어. 지금 스킬 레벨로는 해골병사 한 마리를 소환하는데 포스를 10%씩 사용해야 돼. 이대로 가면 포스가 얼마 못 버틸 거야. 스켈레톤들을 최대한 죽지 않도록 해야겠어.'

"근디 녹색이라도 나오나 기대했구만 생각만큼 안 나온다잉."

"스킬 차크라는 드랍 매우 확률이 낮아요. 그게 A급에서 떨어지는 게 진짜 대박인 거죠."

"그라믄 저번이 운이 좋았구만."

낙성대 역은 2층 구조였다.

1층을 수색하며 남은 잔당들을 처리한 일행은 아래층으로 향했다. 멈춰진 에스컬레이터 앞에 다다르자 밑에서 진한 한기가 올라왔다.

"뭐지? 갑자기 온도가 내려가는 것 같은데?"

"리치킹이 밑에 있는 게 틀림없어."

"안 보고도 어떻게 알아?"

"이건 언데드 몬스터 특유의 오라 '냉혹한 기운'이거든."

"오라?"

"일종의 버프, 혹은 디버프 기술을 말해. B급 이상의 몬스터부턴 각성자처럼 스킬을 갖는 경우가 있어. 등급이 높을수록 보유한 스킬은 더 많아지고."

"스킬을 가지고 있다고? 그럼 완전 괴물이잖아? 우리가 정말 해치울 수 있을까?"

"여기까지 온 이상 어떻게든 해봐야지."

태랑이 은숙에게 물었다.

"베리어 한 번 더 쓸 수 있겠어?"

"잠깐, 확인해 볼게."

은숙이 귀를 만지작거리자 포스의 소모도가 나왔다. 남은 수치는 모두 62%. 본래 베리어 스킬은 포스 70을 사용하는 강력한 기술이지만 그녀의 특성으로 절반이 점감되어 모두 35%가 소모된 상태였다.

"가능해. 그리고 한 시간 쯤 포스가 차길 기다린다면 한 번 더?"

"아냐. 더 기다릴 여유는 없어. 어쨌든 던전은 놈들의 구역이야. 앞으로 무슨 일이 벌어질지 몰라. 좋아 이렇게 하자."

태랑이 작전을 설명했다.

"리치킹은 나와 같은 네크로맨서 계열 몬스터야."

"그럼 너처럼 소환수를 쓰겠네?"

"그렇지. '구울'이라는 식인 괴수를 부리는데 그놈은 뭐든지 물어뜯을 준비가 된 아귀 같은 놈이야. 맷집은 좀비처럼 좋은 편이지만 스피드 역시 좀비처럼 느릿느릿해."

"그라믄 별것 아닌디?"

태랑이 고개를 가로저었다.

"꼭 그렇지만은 않아요."

"아니라고?"

"아까도 말했지만 리치킹이 가진 오러의 영향으로 근처로 갈수록 몸이 얼어붙어. 쉴드가 벗겨지고 나면 곧바로 동태가 될 정도의 한기랄까."

"하긴 위층까지 오싹한 기운이 전해지는걸 보면 엄청 강력하긴 한 가봐."

"문제는 또 있어. 놈은 구울 소환과 오러 말고도 필살기를 하나 더 가지고 있거든."

"그게 뭔데?"

"리치킹의 분노."

리치킹의 분노는 스킬이 아니라 특성이다.

일시적으로 소환수들의 공격속도와 체력을 두 배로 올려주는 놀라운 권능.

"스킬이 아니다 보니 포스를 소모하지도 않아. 우리가 싸우는 동안 무조건 한번은 터진다고 봐야해."

"그럼 태랑이 너의 계획은 뭔데?"

"속전속결 그리고 일점사."

"응? 그게 뭐야."

"놈의 특성은 자동으로 발동되는 패시브가 아냐. 제일 좋은 방법은 특성을 쓰기 전에 해치워 버리는 거지. 그래서 속전속결."

은숙이 딴지를 걸었다.

"무모해. 놈이 일찍 특성을 써버린다면? 그땐 어쩔 건데?"

"그래서 일점사. 한 놈만 팬다는 뜻이지. 우린 무조건 리치킹부터 잡아야 돼. 어차피 구울은 소환자가 죽으면 같이 소멸되거든. 모두 다 상대할 필욘 없어."

"아하!"

"대충 뭔 말인지 알았응께 후딱 끝내 블자! 몸 다 식겄다."

"네, 이제 내려가죠."

에스컬레이트를 걸어 내려가자 기온이 급감했다. 구조물 곳곳에 서리가 맺혀 있는 게 보였다. 입에선 하얀 김이 흘러나오고 몸은 점점 으스스 떨려왔다. 냉장고 안에 들어간 기분이었다.

"쉴드가 아니었더라면 진작 동상에 걸렸을 걸."

"태랑 오빠. 나 근데 계속 쉴드가 깎이는 거 같아. 확인해 보니 수치가 조금씩 떨어지고 있어."

"적의 오라를 방어하느라 그런 거야. 우린 지금 지속피해를 받고 있거든."

"어이 태랑이, 저 짝에 뭔가 서 있는디 혹시 저것이 리치킹이여?"

스크린 도어가 반쯤 열린 승강장 앞으로 붉은 색 망토를 두른 괴물이 하나 서있었다. 머리에 난 두 가닥 더듬이만 아니었다면, 사람으로 착각할 만한 생김새였다.

이제껏 등장했던 다른 A급 몬스터들에 비해 특별히 크진 않았지만 왠지 모를 위압감이 전해졌다. 뿜어내는 기도가 심상치 않았다.

"맞는 것 같은데요."

"어, 놈이 우릴 본 것 같은데?"

리치킹은 지하 2층까지 내려온 일행을 보고 몹시 화난

표정이었다. 사실 몬스터 입장에서 보면 포식을 마치고 쉬던 중 불청객을 방문을 받은 셈.

곧바로 추상같은 축객령이 떨어졌다.

리치킹이 손을 들더니 구울을 불러들였다.

바닥에서 검은 구멍이 생성되며 곱추를 닮은 구부정한 몬스터가 때지어 기어 올라왔다. 톱날 같은 이빨이 빈틈없이 맞물려 있었는데, 입이 얼굴의 절반을 차지할 정도로 컸다.

"고놈 참 고기 잘 뜯어먹게 생겼네. 이빨 튼실한 거 보소."

"구울은 내 해골병사로 상대할 테니 두 사람은 리치킹부터 잡아. 기억하지? 속전속결, 그리고 일점사."

"알았다."

"조심해 오빠."

"너도, 유화야."

"네."

한모와 유화가 리치킹에게 달려들자 심연에서 올라온 구울이 그들의 앞을 가로 막았다. 두 사람은 처음부터 그들과 어울릴 생각이 없었으므로 곧장 돌파를 시도했다.

다만 서로의 방식이 사뭇 달랐다.

한모는 육중한 몸집을 이용해 미식축구선수의 태클처럼 어깨로 들이 받았다. 그의 박력 있는 밀치기에 가로막던 구울이 형편없이 나가떨어졌다.

유화는 포스로 강화된 신체능력을 이용해 구울의 머리통을 밟고 차올랐다. 뒤늦게 구울이 딱- 하고 이빨을 깨물었지만 이미 유화는 반대편으로 넘어간 뒤였다.

기계체조 선수처럼 군더더기 없는 점프 동작은 보는 이들의 혀를 내두르게 했다.

구울을 돌파한 두 사람이 리치킹을 향해 쇄도하는 사이, 태랑이 해골병사를 투입해 돌아서는 구울을 붙들었다.

"어딜봐! 너희들은 나랑 놀아야지!"

소환된 구울은 모두 십여 마리가 넘었으므로 셋뿐인 해골병사로는 중과부적이었다. 태랑은 시간을 벌기위해 본인 역시 전투에 참여했다.

은숙은 후방에 물러나 언제든 베리어를 쓸 수 있도록 대기했다. 최악의 상황이 닥치면 그녀의 마법은 동료의 생명을 지켜줄 수 있는 유일한 보루였다.

태랑이 각목을 들고 다가오는 구울을 향해 내리쳤다. 머리 부분에 못이 튀어나온 각목은 구울의 거죽을 찢으며 깊은 상처를 냈다.

"죽어!"

그러나 좀비와 비슷한 계통인 구울은 어지간한 상처로는 꿈쩍도 하지 않았다. 놈은 통각이 마비된 듯 아무렇지도 않게 태랑의 손을 깨물어 왔다.

커다란 입이 콰직- 소리를 내며 부딪친다.

포식의
군주 1

가까스로 손을 빼낸 태랑은 앞발을 들어 구울의 배를 밀어 찼다. 놈이 주춤거리며 물러서자 해골병사가 몰려들어 몽둥이 찜질을 가했다. 육편이 튀며 구울이 으스러졌다. 한놈이 쓰러지자 곧바로 다른 놈들이 어기적거리며 몰려들었다.

네크로맨서의 피조물들은 공포를 느끼지도 않고, 고통도 몰랐다. 그저 주인의 명령을 충실히 이행할 뿐. 때문에 전력 이상의 힘을 발휘하지도 않지만, 사기가 떨어져 가진 바능력을 손해 보는 경우 또한 없었다.

'젠장, 예상보다 훨씬 맷집이 좋은데? 돌덩이를 때리는 기분이야. 얼른 두 사람이 리치킹을 잡아야 되는데….'

태랑의 기대와 달리 리치킹에게 달려간 두 사람은 난관에 봉착해 있었다.

리치킹이 뿜어대는 강한 오라로 인해 움직임이 굼떠진 것이었다. 둘 다 평소 스피드의 절반 가까이 속도가 느려져 있었다.

한모의 짙은 눈썹에도 하얗게 서리가 꼈다. 손발이 얼어붙은 나머지 빠루를 쥔 손아귀가 찢어질 것 같았다.

'니미럴, 완전 시베리아 한복판이네….'

조금만 더 다가가면 대지격동의 사거리에서 스턴을 먹일 수 있는데, 바로 앞에 소환된 구울 3마리가 집요하게 물고 늘어지는 바람에 거리가 좁혀지질 않았다.

"좀, 죽어. 이 잡것들아!"

지닌 포스가 같더라도, 쓰는 사람의 노련미에 따라 차이는 벌어진다. 한모는 몽둥이질을 할 때 어딜 어떻게 때려야 하는지 본능적으로 알고 있었다.

평소의 절반 가까이 느려진 스피드로도 한모의 빠루질 한방에 구울의 목이 꺾이고 팔다리가 너덜거렸다. 정신없이 싸우는 도중 한 놈이 한모의 왼팔을 깨물었다.

쉴드로 보호된다 해서 상처를 전혀 입지 않는 것은 아니다.

한모의 왼 팔뚝에 톱날 같은 구울 이빨이 깊이 파고들었다. 팔을 거세게 휘저어도 떨어질 줄 몰랐다.

고통이 밀려올 법 한데 한모는 눈 하나 깜빡하지 않았다. 그는 눈앞에서 손가락 한 두개 쯤 잘려나가도 피식할 사람이었다.

"아따, 요새끼 보소?"

한모가 빠루를 내던지고 오른손을 구울의 입속으로 집어넣더니 틈새를 붙잡았다. 강한 치악력을 자랑하는 구울이었지만 한모의 괴력에 눌려 점차 입사이가 벌어졌다.

한모는 왼손으로 아래턱을, 오른손으로 위턱을 붙잡고 계속 벌리더니 그대로 입을 찢어 버렸다.

부악-

톱날 같은 이빨이 손바닥에 상처를 냈지만 한모는 아픈 내색조차 하지 않았다. 머리통이 찢어져 죽은 구울을 보며 리치킹도 새삼 놀라는 눈치였다.

"덤벼봐, 이 개새끼야."

한모는 상처를 의식하지 않고 저돌적으로 들이받았다. 유화에게 공격기회를 주기 위해 모든 소환수를 혼자 붙잡아 둘 생각이었다. 은숙이 때마침 쉴드를 걸었다. 추가적인 방호효과를 얻은 한모는 더욱 기세를 올렸다. 유화는, 유화대로 틈틈이 기회를 엿보며 덤벼드는 구울들을 견제했다.

'딱, 한방. 빈틈을 노리는 거야.'

한모와 유화의 활약에 위협을 느낀 리치킹이 갑자기 두 손을 머리위로 쳐들었다.

"조심해! 놈이 특성을 쓴다!"

그 모습을 본 태랑이 멀리서 해골병사를 소환했다. 구울과 싸우면서 한 마리가 박살 난 상태임에도 이때를 대비해 아껴두었다.

리치킹의 발 아래서 소환이 시전 되었다.

땅속에서 불쑥 뻗어 나온 뼈다귀 손이 리치킹의 발목을 붙잡았다. 특성을 개방하던 리치킹은 순간적으로 자세가 흐트러졌다. 그 틈을 유화가 놓치지 않았다.

"으아합! 이거나 먹어랏!"

포스를 폭발시키며 달려든 유화는 그대로 자신의 스킬 '주먹연타'를 발동했다. 좌우에서 번개같이 쏟아진 소나기 펀치에 리치킹이 샌드백처럼 난타 당했다.

그녀의 특성으로 인한 육탄전 능력 5배, 거기에 주먹연타 스킬의 300% 데미지가 더해지자 포스의 15배에 가까운 크리티컬이 터졌다.

그 정도의 위력은 C급 몬스터인 리치킹도 받아내기 역부족이었다.

"끄아아아아아—!"

소름끼치는 귀곡성을 내지르며 리치킹이 연록색의 빛으로 산화했다. 순간 태랑과 은숙을 몰아세우던 구울도 모래성처럼 무너졌다.

"해치웠다!"

리치킹이 소멸하자 녹색의 차크라가 네 사람에게 흡수되었다.

"우아, 스킬 차크라에요!"

몬스터의 등급에 따라 스킬 차크라의 드랍 확률이 오른다.

C급 몬스터의 경우 A급의 3배로 확률이 높다. 그럼에도 불구하고 어제에 이어 스킬 차크라가 연속으로 드랍된 것은 크나 큰 행운이 아닐 수 없었다.

"한모씨 괜찮아?

"고맙다잉. 덕분에 맘껏 싸웠다."

한모가 입었던 상처는 배리어가 가진 치유력으로 서서히 아물고 있었다. 배리어는 보호막임과 동시에, 인간의 자연

치유력을 올려주는 회복 기능도 겸하고 있었다. 가벼운 생채기 정도면 한두시간 정도면 말끔하게 낫았다.

"그나저나 요거시 그 아티펙트란 물건이여?"

리치킹이 쓰러진 자리에는 커다란 방패 하나가 떨어져 있었다. 방패는 뼈를 넝쿨로 만든 것처럼 복잡하게 얽혀 있었는데, 테두리에 조그만 송곳니가 촘촘히 박혀 있어 그 위용을 뽐냈다.

"맞아요. 뼈의 장벽이라는 물건이에요. 감식해 보세요."

"감식이라니?"

"오른쪽 귀를 만지면서 아티펙트를 쳐다보면 설명이 나와요."

"아, 왼쪽귀 말고 오른쪽?"

한모가 태랑의 말처럼 오른쪽 귀를 만지며 방패를 바라보자 증강현실 어플을 실행시킨 것처럼 밑으로 설명이 떠올랐다.

[뼈의 방패] 3등급 아티펙트

-강력한 방어력을 자랑하는 방패.

+가시효과를 주어 공격해온 적에게 데미지를 돌려줌.

+쉴드 9% 상승효과.

+ '해제/장착' 명령으로 인장에 소지할 수 있음.

"으따, 겁나 설명이 많아 븐디? 뭔 소리다냐 이게 다."

능력 스텟과 달리, 아티펙트의 경우 바라보는 모든 이에게 설명이 제공되었으므로 태랑 역시 글귀를 읽고 바로 해석해 주었다.

"3등급이라는 건 12등급으로 나뉜 아티펙트 중 3번째 등급이란 소리에요."

"그라믄 안 좋은 거 아녀?"

"아니요. 좋은 거예요. C급 몬스터가 떨굴 수 있는 아티펙트 중에선 가장 높은 등급이니까. 특히 가시효과 옵션이 대박이죠. 방패로 적의 공격을 막기만 해도 데미지를 돌려줘요."

"인장에 소지한단 말은 또 뭐여?"

"방패 한번 들어 보실래요?"

한모가 방패를 들어올렸다. 위에 손잡이 부분에 팔목을 끼우자 몸에 꼭 들어맞았다.

"제법 묵직 하구마잉."

"'해제' 라고 외쳐보세요."

"해제."

한모의 외침에 갑자기 뼈의 장벽이 사라졌다.

"뭐여? 어디로 가븟냐?"

"손등 한번 봐보세요."

한모가 손등을 쳐다보자 검은색의 해골 모양의 마크가

조그맣게 새겨져 있었다.

"뭐여 이 문신은? 나 이딴 거 안했는디?"

"그걸 '인장'이라 불러요. 쉽게 말해 방패가 그 문신 속으로 들어간 거죠."

"내 몸속으로?"

"아니 뭐, 마법적인 개념이라 지구의 물리학 법칙으론 설명할 순 없는데… 굳이 따지면 몸속이라고 해도 틀린 말은 아니겠네요."

"가만 있어봐라잉, 그럼 '장착'하고 말하면…."

장착이라는 말에 다시 방패가 생성되면 손목에 꼭 들어맞게 채워졌다.

"아하! 이제 알긋네."

"완전 신기하다."

"그러고 보니 스킬 포인트도 찬 거 같은데?"

은숙이 스텟을 확인하더니 태랑에게 말했다.

"맞다. 방금 스킬차크라 먹었지? 다들 스킬 포인트 올랐을 거예요. 이제부터 스킬 배분하는 법 알려드릴게요."

[성명 : 구한모, ♂(32)]

포스 : 16.12(52%)

쉴드 : 15.42(31%) {뼈의 장벽−쉴드 9%↑}

스킬 : (11/9Point)

'대지격동' (1Lv)

+포스의 15%를 사용하여 반경 3M 이내의 몬스터들에게 5초간 스턴을 먹임. (1티어 몬스터 기준)

+스킬 반경으로 여진이 발생하여 지속적인 피해를 입힘.

*스킬포인트를 이용해 새로운 스킬을 배우거나 기존스킬을 강화할 수 있음.

특성 : 강철 피부

-스킬 발동 시 받은 피해의 절반이 흡수됨.

"스킬 밑에 *로 된 부분 눌러보세요."

한모가 홀로그램 창에 *버튼을 누르자 처음 보는 문구가 등장했다.

*새로운 스킬을 배우시겠습니까?

-새로운 스킬이 랜덤으로 결정됩니다.

*기존의 스킬레벨을 올리시겠습니까?

-대지격동(2Lv)도달 시 스킬의 사정거리가 4M로 증가합니다.

-대지격동(2Lv)도달 시 스턴의 지속시간이 7초로 증가합니다.

-대지격동(2Lv)도달 시 여진의 지속시간이 10분으로 증가합니다.

한모가 스킬 내용을 설명하자 태랑이 고심에 빠졌다.

일행 모두 스킬 포인트를 획득한 상황이었으므로 한모뿐만 아니라 일행 전체에 해당되는 부분이었다.

　"다들 이거부터 알아 두세요. 옆에 스킬 포인트 보이죠?"

　"13/9 이거 말하는 거예요 오빠?"

　"응. 왼쪽의 숫자는 현재단계에서 획득한 포인트, 오른쪽의 숫자는 요구치를 의미해. 참고로 요구치는 3의 배수씩 올라. 최초 요구치가 3에서 시작했는데 스킬 배우니까 9로 올라갔지?"

　"맞다. 그러네."

　"이제 한 번 더 스킬을 배우면 요구치가 27, 그 다음은 81이 되겠지. 3의 배수."

　"와 그럼… 스킬 다섯 개쯤 배우려면 대체 포인트를 얼마를 모아야 되는 거야? 243포인트?"

　"그게 문제야. 처음 한 두 번은 어떻게든 스킬을 배울 수 있어. 혼자서 차크라를 독식하면 한번에 2Lv을 올리거나 두 가지를 배울 수도 있겠지. 하지만 나중엔 포인트를 채우기 어려워. 우리가 운이 좋아서 이틀 만에 녹색 차크라를 두 번 먹었지만, 다음 번은 한 달 내도록 안 나올 수도 있는 거지. 그만큼 드랍률이 낮으니까."

　"그러면 포인트 사용할 때 신중해야 겠네?"

　"내가 하고 싶은 말이야. 솔직히 제대로 배울 수 있는 스킬은 많아야 3~4개 정도. 그것도 완전 랜덤이기 때문에 전혀 쓸모없는 스킬을 배우게 될지도 모르거든."

"아항."

"물론 쓸모없는 스킬이란 말엔 어폐가 좀 있지만, 어쨌든 자기 특성과 아티펙트에 맞지 않는 스킬을 배울 수도 있다는 소리야."

"그럴 바엔 기존 스킬을 강화하는 편이 효과적일 수 있다?"

"제대로 이해했어. 똑똑한데?"

"야, 나 Y대 나온 여자라구."

"…안 물어 봤는데. 흠."

포식의 군주

4. 만남

태랑의 설명에 모두가 고민에 빠졌다.

기존 스킬을 강화하는 게 좋을까 아니면 도박을 걸어 봐야 하는 것일까? 새로운 스킬의 습득이 폭을 넓힌다고 한다면, 기존 스킬의 강화는 깊이를 더하는 일이다.

둘 다 가능하다면 좋겠지만 앞으로 포인트 획득이 훨씬 어려워진다는 걸 감안하면 신중하게 판단해야 했다.

"솔직히 이건 나로서도 뭐라 할 수 없는 문제야. 선택도, 책임도 결국 본인이 져야 하는 거니까."

머뭇거리는 일행과 달리 태랑은 주저 없이 기존 스킬 강화를 선택했다.

리치킹을 죽이면서 자연스럽게 소환계열 특성을 획득했기 때문이었다. 이제 특성도 확보했으니 스킬 레벨을 올린다면 뚜렷한 공격력 상승효과가 있을 것이다.

[성명 : 김태랑, ♂(27)]

포스 : 15.45(34%)

쉴드 : 13.12(75%)

스킬 : (2/27 Point)

'레이즈 스켈레톤'(2Lv)

+포스의 30%를 사용해 동시에 6마리의 해골을 소환해 둘 수 있음.

+일부 해골병사가 원거리 공격이 가능함.

+해골 눈동자의 색에 따라 속성이 달라짐.

+활성화 되어 있는 동안 포스가 소모됨.

-다음 스킬레벨에 도달하면 동시에 12마리의 해골을 소환할 수 있음.

-다음 스킬레벨에 도달하면 메이지 스켈레톤이 등장함.

특성 : 특성 포식자

-죽인 몬스터의 특성을 강탈함.

-획득 특성(1)

+리치킹의 분노 : 일시적으로 소환수들의 공격속도와 체력을 두 배로 올려줌. 지속시간 10분, 재사용대기 10시간.

'재사용 대기가 10시간이면 하루에 한 번 정도 쓸 수 있다는 소린가? 게다가 전투 중에 딱 10분이라면… 최대한 사용에 신중해야겠군. 새로운 해골병사들을 소환해 볼까?'

"레이즈 스켈레톤!"

태랑이 2레벨의 주문을 외치자 기존 세마리 말고 추가로 세 마리의 해골병사가 바닥을 뚫고 기어 올라왔다. 그 중 두 마리는 이전의 해골병사와 달리 하얀빛의 눈동자가 박혀있었고, 손에는 뼈로 만든 활을 들고 있었다.

'눈빛이 하얀 이 녀석들이 해골 궁수인가 보구나. 헌데 화살통은 어딨는 거야? 어떻게 쏘는 거지?'

해골궁수가 들고 있는 활에는, 활대에 거는 줄도 보이지 않았다. 화살도 없고 시위로 없이 덜렁 빈 활만 들고 있는 셈.

태랑은 시험 삼아 벽면에 붙어있는 보증금 환급기를 조준시켰다.

해골궁수 두 마리가 시위를 당기는 시늉을 하자 아무것도 없던 공간에 반투명한 활줄이 생성되었다. 곧 해골궁수의 손끝에서 튀어 나온 화살이 시위에 매겨졌다. 화살촉부터 화살대 화살 깃에 이르기까지 모두가 뼈로 만들어진 뼈 화살이었다.

슈숙--!

뼈 화살은 빠른 속도로 날아가더니 기계를 꿰뚫었다.

쇠로 만든 강판을 뚫고 들어가 박힐 만큼 엄청난 관통력.

'와, 사람이 맞았으면 아예 뚫고 지나가겠네. 대신 스킬 레벨이 낮아서 그런지 재장전이 오래 걸리는 게 단점이군. 그래도 제법 쓸모는 있겠어.'

태랑이 새로운 스켈레톤을 시험하는 동안 마찬가지로 스킬을 결정한 한모가 오른발을 들어 그대로 바닥을 내리 찍었다.

쿵-!

지하철 바닥이 쩍쩍 갈라지며 은은한 진동이 왔다. 철길 바로 옆에 열차가 지나가는 정도의 흔들림이었다.

"대지격동 스킬 강화하긴 거예요?"

"어. 아까 리친가 뭐시긴가 잡는디, 사거리가 짧아가꼬 기술을 못 넣겠드라고. 일단 반경부터 늘려야 겄어. 시간이랑 여진도 같이 늘어나니까 훨씬 쓸모 있겠더라고."

"좋은 생각이에요. 저도 기존 기술을 강화했거든요."

그때 혼자 조용히 스텟창을 조정하던 은숙이 빈 공간을 향해 몸을 돌렸다. 앞으로 내민 그녀의 손에서 곧 푸른색의 육각형의 막대를 쏘아져 나왔다.

크리스탈처럼 반짝이는 막대는 직선으로 끝까지 뻗어 나가더니 스크린도어를 깨뜨리고는 돌기둥을 강타했다.

쾅―!

기둥 벽에는 손바닥 크기의 육각 도장이 깊이 패였다.

"그거 새 기술이야?"

"매직미사일이라고 하던데?"

"장난 아니다. 기술 설명은 어떻게 돼?"

"물리 데미지를 주는 육각기둥을 직선으로 쏘아 공격력의 200% 데미지를 준다, 라고. 근데 이거 포스 소모가 너무 크다. 한방에 10%씩 깎여. 그나마 레벨 업을 할수록 소모량이 점감되는구나. 게다가 다음 레벨에 이르면 동시에 3개를 쏠 수도 있데."

"멀티샷(Multi Shot)이군. 위력이 상당해 보이니 잘 활용하면 좋겠다."

"유화 니는 뭐 골랐냐? 그 소나기 펀치 한 번 더 찍은 겨?"

한모가 유화에게 물었다.

기술을 선보이는 다른 사람과 달리 그녀에겐 뚜렷한 변화가 없었다.

"…전 꽝 인거 같아요."

"뭔데?"

"왜? 이상한 거 나왔니?"

"아니 오라 종륜데…."

"오라? 이름 한번 말해봐."

191

"신속의 바람."

"아! 속도 올려주는 오라구나. 그거 괜찮은 거야."

"속도를 얼마나 올려주는데?"

"설명에 보니 평소보다 움직임이 5퍼센트 빨라진다고 하네요."

"에게, 겨우? 5프로?"

"숫자가 쪼까 섭섭헌디?"

"아냐. 5프로면 작은 게 아니지. 생각해봐. 100M 기록이 10초인 사람이 만약 저 버프를 받으면 9.5초 되는 거잖아. 곧바로 세계 기록 달성이라구. 또 움직임 전반에 스피드가 증가하니 공격력이나 방어력에도 영향을 끼친다고 봐야지."

"그렇게 말해줘서 고마워요 오빠, 실망하고 있었는데."

"빈말이 아냐. 잘 뽑은 거야. 특히 버프 계열은 팀 전체의 공격력을 끌어 올리니까 단순히 볼 게 아니야. 그 버프로 우리 일행들을 물론, 내 해골병사들까지 빨라지거든."

"오라가 소환수에도 영향을 미쳐?"

"범위가 닿는 경우엔."

"흐따, 그나저나 태랑이 식구들 허벌라게 늘어 부렀구마잉. 인자 모두 여섯 마리네. 너무 많은 거 같은디 다 데리고 다닐 거여? 무슨 조폭도 아니고."

"조폭요?"

"우르르 몰려 댕기는 폼이 딱 어깨들 같잖여~ 저 해골 뼈따꾸에다 가다마이 하나만 입히믄 우리 식군 줄 알겄어."

태랑은 한모의 말을 듣고 표현이 재밌다는 생각이 들었다.

"조폭이라… 그럼 이제부터 저를 조폭네크라고 불러주세요."

"조폭 네크가 뭐야?"

"조폭 네크로맨서요."

"푸하하. 그거 말 되네. 그럼 니가 해골 조직 큰 형님이고만?"

"그렇게 되나요?"

"흐따, 나는 건달 생활 10년 가차이 했어도 중간밖에 못 갔는디 니는 겁나 빨라분다잉. 아조 낙하산이여."

태랑 일행은 이번 낙성대 역 레이드를 통해 많은 소득을 얻었다. 과감한 도전으로 얻은 성과라 더욱 기뻤다.

인류의 각성 후 일주일이란 시간이 흘렀다.

살아남은 생존자들 사이에선 서서히 능력을 깨닫는 사람들이 나타났다. 우연히 왼쪽 귀를 만지다 스텟창을 확인한 그들은, 게임의 규칙이 바뀌었음을 직감했다.

몸에는 전에 없던 에너지가 넘쳐흘렀다. 손에 힘을 주면 윤곽선이 새하얀 빛으로 둘러싸였다. 그것은 물건에도 전이가 되었다.

인류는 마침내 포스의 존재를 깨달았다.

처음엔 모든 게 우연이었다.

생존자 중 하나가 달려드는 괴물을 향해 자포자기하는 심정으로 무언가 집어 던졌을 때, 그것이 괴물에 적중하는 일이 발생했다.

그 전까지 모든 물질을 투과시켰던 괴물은 처음으로 고통에 찬 비명을 질렀다.

이는 거대한 변화의 시작이었다.

포스와 쉴드, 스텟창의 개념들이 소문을 타고 불길처럼 번져 갔다. 특히 생존자들은 서로 의지하며 한 곳에 뭉쳐 있는 경우가 많았으므로, 단 한명이라도 능력을 깨닫게 되면 그곳에 모인 사람들 모두가 알게 되었다.

아직까지 서버가 기능하는 인터넷 사이트를 중심으로 각성에 대한 정보가 교류되기 시작했고, 이동통신망이 살아 있는 지역에선 스마트폰이나 전화통화를 통해서도 전파가 이루어 졌다.

그리고 변화의 물결을 빠르게 감지한 사람들 가운데, 서서히 몬스터에 저항하는 사람들이 등장하기 시작한다.

"다들 쫄지 마! 생각보다 별 것 아닌 놈들이야!"

초등학교 운동장에서 7명의 청년들이 비슷한 수의 몬스터와 사투를 벌이고 있었다. 이들은 같은 대학 동기들로, PC방에 놀러 갔다가 몬스터 인베이젼을 겪고 고립된 경우였다.

청년들은 한동안 건물에 대피해 숨어 있었다. 그러나 끝내 식량이 바닥났고, 먹을 것을 구하기 위해 밖으로 나설 수밖에 없었다.

한 사내가 힘차게 쇠파이프를 휘둘렀다.

"골룸 같은 새끼! 이거나 처먹엇!"

그의 공격에 고블린 한마리가 옆구리를 얻어맞고 쓰러졌다.

A급 몬스터 가운데서도 최하위에 속하는 붉은 난쟁이들은 싸움이 진행될수록 하나둘씩 차크라로 변해갔다.

그때 누군가 소리쳤다.

"어! 녹색 빛이 떨어졌어. 이건 뭐지?"

스킬 차크라가 드랍 된 것이었다.

차크라는 몬스터 처치에 기여한 사람들에게 자동으로 배분된다. 그는 고블린을 혼자 제압했으므로, 스킬 차크라를 혼자 독식하게 되었다.

"오, 방금 스텟창에 스킬이 생겼어."

"정말? 그거 원래 '없음'으로 뜨는 거 아니었어?"

"녹색 빛이 떨어지면 스킬을 받는다고 하더니 진짜였구나."

"김정기 이 자식 부럽다! 왜 나한테는 안 떨어지지?"

"그나저나 스킬이 뭔데?"

고블린을 모두 처리한 청년들은 스킬 차크라를 얻은 행운의 사나이, 김정기에게 모여들었다. 왼쪽 귀를 붙잡고 스텟창을 유심히 읽던 정기가 곧 만면에 미소를 머금었다.

"오호라. 이게 정말 된다는 건가? 다들 물러서봐. 내가 신기한 거 보여줄게."

"뭔데? 뭔데?"

"잘 봐, 설명대로 이렇게 주문을 외치면… 파이어 볼!"

정기가 시동어를 외치자 갑자기 손에서 배구공만한 불덩이가 튀어나와 운동장 구석에 있는 정글짐에 날아가 부딪쳤다.

파이어 볼은 충돌과 동시에 화염병이 박살나는 것처럼 주변에 불꽃을 뿌렸다. 정글짐에 발라진 페인트가 타면서 검은 연기가 피어올랐다. 특히 폭발의 중심점에 있던 쇳덩이는 흐물흐물 녹아내릴 정도로 엄청난 열기였다.

"우아아! 짱이다, 정기!"

"이 자식 지금 맨손으로 불덩이를 던졌어!"

정기는 친구들의 칭찬에 우쭐해 졌다.

"엣헴, 나를 이제부터 마법사라고 불러줘. 현대마법사."

"진짜 부럽다!"

"완전 쩐다, 쩔어!"

김정기가 파이어 볼을 쏘고 난 후 청년들의 분위기는 확연하게 달라졌다. 모두 함께 로또를 샀는데 혼자만 당첨된 사람을 보는 눈빛이랄까?

갑자기 위상이 달라진 정기를 보며 시샘과 질투, 갈구와 욕망의 기운이 끓기 시작한 것은 어찌 보면 당연한 일이었다.

"스킬을 주는 녹색은 드문 확률로 떨어지는 것 같아. 계속 사냥하다 보면 우리도 하나쯤 얻을 수 있지 않을까?"

"좋은 생각이야."

"그래! 우리도 해보자. 충분히 할 수 있어."

점차 과열되는 분위기에 한 청년이 제동을 걸었다.

"잠깐. 근데 우린 식량만 구하기로 한 거 아니었어? 괜히 무리하는 게 아닐까?"

"야! 이수현! 사내새끼가 겁만 많아서는. 너도 봤잖아. 몬스터라는 놈들 막상 싸워보면 별것 아니야."

"맞아. 예전엔 싸울 방법이 없어서 일방적으로 당했던 거지, 각성하고 나서부턴 충분히 상대할 수 있어."

"나도 동감. 언제까지 어두컴컴하고 좁은 곳에서 숨어
지낼 순 없어! 우리의 땅을 되찾자! 인간의 힘을 보여줘야
지!"

"그래. 정 무서우면 수현이 너만 빠지면 되겠네."

친구들이 짠 것처럼 일제히 수현의 의견을 무시했다.

이미 파이어 볼의 위력에 고무된 청년들은 흥분으로 제
정신이 아니었다. 그들은 식량을 구한다는 처음의 목적도
잊고 다른 사냥감을 찾아 나섰다.

홀로 남겨진 수현이 망설이다 결국 따라 붙었다.

친구들과 지금껏 함께 살아남았는데 이렇게 헤어질 순
없었다. 그러나 왠지 예감이 좋지 않았다.

몬스터는 최초의 침공 때에 비하면 표면적으론 그 수가
줄어 있었다. 놈들은 길거릴 배회하다가도 사냥을 마치고
나면 어디론가 모습을 감추었던 것이다.

아직은 포식을 마친 몬스터의 은둔 습성이 알려지지
않은 시기였고, 던전과 타워라는 개념도 등장하지 않았
다.

초등학교 운동장을 나와 몬스터를 찾아 헤매던 대학생
무리는 30분 쯤 지나 다른 몬스터를 발견할 수 있었다.

여러 마리가 무리지어 있던 고블린과 달리 이번엔 딱 1 마리뿐이었다. 물론 그 크기는 성인 반 토막 밖에 안 차는 고블린에 비해선 훨씬 거대했다.

"와, 저게 대체 뭐지? 엄청 징그럽게 생겼는데?"

"번데기를 황소만큼 키워놓은 것 같아."

"당연히 강하겠지? 아까 그 난쟁이들 보다 말이야."

"잘은 몰라도 분명한 건 생긴 대로 느려 터졌다는 거야. 저 기어 다니는 모습 좀 봐. 시속 1km쯤 되겠네. 달팽이랑 달리기 붙이면 존나 치열할 듯."

굼벵이를 닮은 몬스터는 미처 청년들을 발견하지 못한 것 같았다. 그들은 건물을 등지고 은폐한 상태로 작전을 세웠다.

"정기야, 바로 불덩이부터 던지는 게 낫지 않겠냐?"

"여기선 너무 멀어. 아까도 사실 정글짐 맞추려는 게 아니고 그 옆 시소를 노린 거거든."

"정말?"

"위력은 확실히 쎈데 정확도는 좀 떨어지는 것 같아. 아니면 내가 아직 연습이 부족해서 그럴지도 모르고. 게다가 한번 던지고 나니까 포스가 한방에 15%나 빠지더라고."

"뭐라고? 그럼 몇 번이나 더 쏠 수 있는데?"

"이제 잘해야 두 번 쯤?"

"두 번이면… 아슬아슬 하겠는데."

"아, 그렇지. 그게 있었구나. 죽창, 죽창 좀 가져와봐."

정기의 말에 다른 청년이 끝을 날카롭게 다듬은 밀대 자루를 들고 왔다. 그것은 피신처에서 챙겨 온 것으로, 대나무 재질은 아니었지만 알아먹기 쉽게 죽창이라고 불렀다.

"이걸로 어쩌게?"

"저 굼벵이 놈 말이야, 살갗도 야들야들해 보이는데 이걸로 찔러 버리면 뒤지지 않을까?"

수현이 조심스럽게 반론을 제기했다.

"근데 그걸 공격하려면 가까이 다가가야 되잖아. 좀 위험하지 않아?"

"야! 이수현. 너 아까부터 겁쟁이 같은 소리만 할래?"

정기가 확 짜증을 냈다.

평소에도 그는 수현을 별로 마음에 들어 하지 않았다. 곱상한 얼굴로 학과 여자 동기나 누나들의 인기를 독차지하는 모습이 꼴보기 싫었다. 사내다움이라곤 눈꼽 만큼도 없는 녀석.

그는 수현이 겁먹고 있다고 생각했다.

자칫 친구들의 사기까지 떨어뜨릴 수도 있는 문제였기 때문에 정기는 작정하고 나무랐다. 친구 사이라기보다 마치 하급자를 대하는 모습이었다.

"야! 너 보구 나서라고 안 할 테니 저기 구석에 찌그러져 있어. 다들 용기내서 뭔가 해보려고 하는데, 왜 아까부터 재수 없는 소리만 골라서 하냐?"

"아니 난 그런 뜻이 아니고…."

"아, 됐다고! 좀! 그만 해. 듣기 싫으니까."

파이어볼 스킬을 익힌 정기는 어느새 무리의 리더로 변해 있었다. 그것도 강압적인 독재자였다.

동기 중 일부는 수현과 같은 생각하는 친구들도 있었지만, 정기의 짜증 섞인 반응을 보며 침묵했다. 괜히 수현의 의견에 동조했다가 같이 역정을 듣게 될까 두려웠다.

"세상이 뒤집어지고 나니까 이거 한 가지는 확실해 진다. 겁쟁이랑 용감한 사람이 누구인지 말이야. 안 그러나?"

"……."

수현이 수치심에 고개를 떨궜다. 새햐안 얼굴이 빨갛게 달아올랐다. 어색해진 분위기에 다른 친구들이 중재에 나섰다.

"야 정기, 적당히 해. 그러다 수현이 울겠다."

"그래. 얼른 작전이나 설명해봐."

"맞다 작전. 우리한테 지금 죽창 5개가 있잖아."

"응."

"난 어차피 파이어 볼로 공격해야 하니까, 수현이 빼고 니들이 각각 죽창 하나씩 드는 거야."

"수현인 어쩌고?"

"저 쫄보 새낀 걍 빠지라 그래. 어차피 도움도 안 될 테니… 아무튼 최대한 가까이 다가가서 죽창을 꽂으란 말이지. 투창 던지는 것처럼, 언더스텐? 굼벵이 괴물새낀 느려터졌으니 어차피 쫓아오지도 못할 거 아냐. 그리고 마지막엔 내 파이어 볼로 마무리! 어때?"

"괜찮은데?"

"정기, 너 그러니까 무슨 전문가 같아. 인터넷서 그런 사람들 뭐라고 부른다더라? 마수사냥꾼? 맞아, 몬스터 헌터!"

"하하. 과찬이야 과찬. 이것 참 별것도 아닌데 무슨 헌터씩이나."

작전을 구상한 정기 일행은 공격 순서를 정한 뒤 한명씩 뛰어 나갔다. 말이 투창공격이지 실제론 지근거리까지 근접해 창을 박아 넣는 무식한 수법이었다.

"이얍!"

맨 처음에 달려든 청년이 내지른 죽창이 굼벵이 괴물의 몸통에 정통으로 박혔다.

푹—

날카로운 죽창은 놈의 피부를 뚫고 거의 1/3이 들어갔다. 그 모습을 보고 용기를 낸 청년들은 차례로 달려와 죽창을 꽂아 넣다.

다섯 개의 죽창 중 네 개가 성공하고 한 개는 애먼 땅에 박혔다. 정기가 마무리를 위해 나가기 전, 구석에 우두커니 서있는 수현을 한 번 더 조롱했다.

"봤냐? 겁쟁이? 넌 다음에도 안 껴줄 테니까, 그리 알아. 너 완전히 나한테 찍혔어."

수현은 뭐라 대꾸라고 하고 싶었지만 꾹 입을 다물었다.

굼벵이가 죽창을 맞으면서도 변변한 저항조차 못하자 다소 거리를 두고 떨어져 있던 청년들도 슬슬 용기를 내 다가갔다. 덩치는 컸지만 오히려 공격력은 고블린보다 못한 것 같았다. 어쩌면 크기만 거대한 놈인지도 몰랐다.

"야, 이 괴물새끼 진짜 좆도 아닌데?"

"좆보단 크지 임마."

"크크, 말이 그렇다는 거지."

"암튼 괜히 덩치보고 쫄았네. 괴수라는 놈들 의외로 형편 없구만?"

"정기! 얼른 태워버려. 크기로 봐선 하루 종일 타겠다."

"알았어! 이제 끝낼게."

정기는 조준이 빗나가지 않을 거리까지 다가서더니 곧 파이어볼 주문을 외쳤다.

"파이어 볼!"

정기의 손에서 생성된 화염의 구체가 굼벵이 괴물을 향해 날아갔다. 워낙에 표적이 컸고, 또 가까이 근접했기 때문에 파이어 볼이 빗나갈 일은 없었다.

퍼어어엉-!

마법의 불꽃이 폭발하며 굼벵이 몬스터 전신에 불이 붙었다. 괴수는 괴로운 듯 몸을 쿰척대더니 곧 배를 까뒤집었다.

"성공이다!"

정기를 비롯한 대학생들은 다들 어떤 보상이 나올지 기대하며 한걸음씩 더 다가섰다.

그 순간.

갑자기 굼벵이 괴수의 몸이 수류탄처럼 폭발했다. 강한 산성액이 묻은 살점의 파편이 사방으로 쏟아졌다. 가장 근접해있던 청년이 오물을 뒤집어쓰듯 파편에 노출되었다.

"흐아아악!"

청년의 몸뚱이가 순식간에 녹아 내렸다. 지독한 강산에 쉴드의 방호가 깨져버린 것이었다.

다른 이들도 파편이 약간 튀긴 했지만, 다행히 쉴드가 버텨주어 몸이 녹아내리는 것은 막을 수 있었다.

"뭐, 뭐야!"

"제기랄, 지원이가 당했어!"

그러나 거기서 끝이 아니었다.

산산조각 난 굼벵이 괴수의 몸속에서 무엇인가 튀어 나왔다.

그것은 마치 변태를 겪는 곤충과 흡사했다. 제 배를 가르고 나온 괴수는 인간과 비슷한 모습을 띄고 있었다.

"흐억! 굼벵이 안에서 사람이 나온다."

"세상에 저게 뭐야!"

"아, 악마인가?"

대학생들은 쓰러진 친구를 챙길 겨를조차 없었다.

굼벵이의 몸체에서 튀어 나온 괴수의 비주얼이 너무도 충격적이었던 것이다. 등에 거대한 날개를 단 인간형 괴수는 서양에서 흔히 말하는 악마의 형상 같았다.

나비의 입매처럼 롤리팝 모양으로 휘어진 주둥이가 입가에 붙어 있고, 주먹만큼 큰 거대한 겹눈이 머리 양편에 달려 있었다.

만지면 분가루가 날릴 것만 같은 화려한 날개를 퍼덕거리던 괴수는, 서서히 고개를 들어 정기와 그 친구들을 노려보기 시작했다.

"야, 야! 튀어!"

누가 먼저랄 것도 없었다. 굼벵이를 탈피하고 튀어나온 나비괴수에 놀란 청년들이 패닉에 빠져 도망쳤다. 그러나 나비괴수는 굼벵이 시절과 달리 매우 민첩했다.

느렸던 과거에 대한 보상이랄까?

그는 날개를 퍼덕여 공중으로 점프하더니 곧장 강하하여 한 청년의 어깨를 짓눌렀다.

"으헉, 뭐야? 놔! 놔줘!"

나비괴수의 발톱은 독수리처럼 갈고리모양으로 휘어져 있었다. 놈은 발톱으로 청년의 어깨를 찍어 눌러 콱 붙잡고는, 다시 공중으로 솟구쳤다.

5층 건물 높이까지 날아오른 괴수는 고개를 들어 자신이 새롭게 태어난 세상을 응시했다. 수 천개에 달하는 낱눈들이 정신없이 움직이며 도시의 입체적인 풍경을 담아냈다.

"으어어어! 제, 제발 살려줘!"

붙들려 있던 청년이 필사적으로 몸부림쳤다. 그제 서야 자신이 뭔가를 붙들고 있다는 것을 깨달은 괴수는, 말려있던 주둥이를 쫙- 펼쳐 청년의 목덜미에 찔렀다.

마치 빨대를 꽂아 넣는 모양.

"커헉-!"

나비괴수의 주둥이는 평소 소용돌이 모양으로 휘말려 있다가도 필요한 순간이 되면 카멜레온의 혓바닥처럼 길게 뻗을 수 있었다.

곧 주둥이의 관을 통해 청년의 체액이 흡수되기 시작했다. 단순히 혈액뿐만 아니라, 몸 안에 모든 것을 빨아들이려는 듯 청년의 몸은 순식간에 뼈와 거죽만 남기고 미라처럼 쪼그라들었다.

"세, 세상에 완전히 괴물이야, 도저히 이길 수 없어!"

친구가 비참하게 죽어가는 모습을 목격한 정기는 기절할 것 같은 기분이었다. 먼젓번 고블린과는 비교도 안 됐다.

저런 놈을 사냥해보겠다고 호기 좋게 나섰단 말인가?

"히익, 도, 도망쳐야 돼!"

살아남은 세 청년들은 감히 저항할 엄두도 못 내고 미친 듯이 달아나기 시작했다 그러나 높은 곳에서 그들을 지켜보고 있던 나비괴수가 곧바로 추격을 개시했다.

나비괴수가 가진 능력은 흡수 공격만이 아니었다.

놈이 공중에서 빠르게 날개를 퍼덕이자 멀리서부터 강한 광풍(狂風)이 몰아닥쳤다.

정기와 반대 반향으로 도망치던 두 청년은 바람에 휩쓸려 날아가 콘크리트 벽에 부딪히더니 두부처럼 몸이 으깨졌다.

"크헥!"

쉴드의 방호가 몬스터의 공격을 감당 못하고 벗겨지면서, 나약한 인간의 몸뚱이가 적나라하게 노출된 것이었다.

순식간에 4명이 죽어나갔다.

한명은 산성 파편을 맞고 몸이 반쯤 녹아내렸고, 또 다른 한명은 체액이 빨려나가 미라처럼 말라 비틀어졌다. 마지막 두 사람은 강풍에 휩쓸려 콘크리트 벽에 처박혀 충격사했다.

정기는 이번엔 자신의 차례라고 생각했다.

이대로 도망치는 것은 불가능 했다. 어차피 죽을 운명, 그에게 오기가 생겼다.

"제기랄 고작 나방 따위가! 내가 곱게 죽어 줄 것 같으냐!"

정기가 최후의 한방을 준비했다.

그의 파이어 볼은 2Lv의 스킬.

그는 녹색 차크라를 독식하면서 한 번에 두 단계나 스킬 레벨을 올렸다.

파이어 볼 공격은 심한 포스 소모만큼 강력한 위력을 가지고 있고, 2Lv이 되면서 얻은 '페니언의 불'이란 부가 효과는 백린(白燐)처럼 피부에 달라붙어 내부를 태우는 효과를 지녔다.

'한방, 딱 한방이면 돼.'

나비괴수는 우아하게 날개를 퍼덕이며 사뿐히 내려앉았다. 굳이 바람 마법을 펼치지 않은 이유는 그의 체액을 빨아들이기 위한 것으로 보였다.

정기는 나비괴수가 최대한 다가오기를 기다렸다. 일격에 죽을 수도 있는 상황에서도 정기는 극도의 인내심 발휘하며 스스로를 다독였다.

'조금만… 조금만 더 다가와라. 그래, 지금!'

"이거나 먹어 새끼야! 파이어 볼!"

정기의 손에서 불덩이가 생성되어 날아갔다.

목숨을 건 혼신의 일격.

그러나 나비괴수의 민첩성은 인간의 수준을 훨씬 상회했다. 정기의 기습적인 공격에 놈은 뛰어난 반사 신경을 발휘해 몸을 비틀었다. 그러나 커다란 날개만큼은 어찌할 수 없었다.

"캬요!"

파이어 볼이 날개를 스쳐 지나가자 괴수가 처음으로 고통에 찬 기성을 내질렀다.

놈이 다친 날개를 쭉 펼쳤다. 한입 배어 문 사과처럼, 날개 끝이 타들갔다. 백린의 효과 때문에 한번 붙은 불은 쉽게 꺼지지 않고 지속적으로 날개를 갉아먹었다.

나비 괴수가 흥분으로 날개를 퍼덕였다.

강렬한 분노가 공기를 타고 전해져 왔다.

정기는 발이 얼어붙어 꼼짝할 수 없었다.

포스는 모두 소진되었고, 수중에 무기도 없었다.

마지막 일격마저 수포로 돌아갔다.

"캬오오오오오오!"

놈이 정기를 향해 주둥이를 펼치려 할 때였다.

"괴물 자식! 물러서!"

여태껏 숨어있던 수현이 튀어나와 벽돌을 집어 던졌다. 포스가 실린 벽돌이 분노로 주의력을 빼앗긴 나비괴수의 이마를 강타했다.

퍽―

"도망쳐! 정기야!"

"수, 수현아."

"얼른 도망치라고!"

수현이 재차 벽돌을 던지며 시간을 벌었다. 이는 자신에게 불똥이 튈 수도 있는 위험한 행동이었지만, 수현은 죽어가는 친구를 외면할 수 없었다.

비록 정기가 자신에게 못되게 굴었다지만, 그렇다고 그것이 죽어도 되는 이유는 아니었다.

수현이 괴수의 시선을 잠시 돌린 사이 정기가 겨우 정신을 차려 뒤돌아섰다.

그러나 괴수는 돌팔매질 따위로는 꿈쩍하지 않았다. 수현이 돌을 던지든 말든 아랑곳 않고, 촉수 같은 주둥이가 그대로 뻗어 나와 정기의 심장을 찔렀다.

푸욱―

"정기야!"

정기가 벼락을 맞은 것처럼 몸을 부르르 떨었다. 곧 정기의 몸에서 체액이 빠져나가며 뼈와 거죽만 남았다.

그와 동시에 절반 가까이 타들어가던 괴수의 날개가 허물처럼 떨어져 나가더니, 새로운 날개가 솟아났다. 흡수의 능력 속에는 손상된 신체를 재생시키는 힘이 담겨 있었다.

끈적한 액체가 묻어있는 새 날개를 만족스럽게 펼쳐 보인 괴수는, 곧 마지막 생존자인 수현을 향해 천천히 걸어왔다.

수현이 쥐고 있던 벽돌을 떨구었다. 놈은 압도적으로 강했다.

벽돌을 정통으로 맞춰도 흠집조차 낼 수 없었다.

그야말로 대적불가.

수현은 희망을 버렸다.

나비괴수가 수현을 공격하기 직전.

갑자기 땅 밑이 흔들리더니 나비 괴수과 수현 사이에서 새햐얀 머리가 불쑥 솟아올랐다.

"헉, 저게 뭐야!"

수현은 자신의 처지도 잊고 놀라 소리쳤다.

땅속에서 뭔가 솟아오른 것도 기겁할 일이었지만, 그 정체가 사람의 해골이었기 때문이다.

땅속에서 기어 나온 세 마리의 해골이 나비괴수를 향해 다짜고짜 칼을 휘둘렀다. 자세히 보니 해골이 들고 있는 칼도 뼈를 갈아 만든 무기처럼 보였다.

'설마 저거 스켈레톤인가?'

나비괴수가 촉수 주둥이로 해골병사를 찔렀지만, 애초에 뼈만 남은 해골병사에겐 빨아들일 체액이 없었다. 마른 수건을 아무리 쥐어짜봐야 물기는 나오지 않는다.

211

두 괴물이 서로 공방을 주고받는 사이 수현의 뒤에서 일련의 사람들이 등장했다.

"이런, 생존자는 한명 뿐인가?"

"아따, 저거시 뭐시다냐. 오메? 날개도 달고 있네잉."

"버터플라이맨이란 놈이에요. C급 몬스터 중에선 드물게 비행 능력을 가지고 있죠."

태랑은 급히 기억을 더듬었다.

C급 몬스터부터는 리치킹처럼 특성을 가진 몬스터가 등장한다. 모두는 아니지만 상당수가 특성을 가지고 있다.

'분명 저놈도 특성이 있던 걸로 기억하는데… 맞다, 광각(廣角)의 심안(心眼). 시야 한계를 270도 까지 늘려주는 권능. 큰 도움은 안 되겠지만 그래도 포식해 놓는 게 좋겠지.'

"이번 주만 벌써 C급이 3마리네. 일정이 넘 빡센 거 아니야?"

"레벨링도 하고 좋지 뭐. 스킬 차크라 하나만 더 떨어지면 딱 좋겠는데."

수현은 괴물 앞에서 전혀 위축되지 않는 사람들을 보고 놀라움을 금치 못했다.

"다, 당신들은 누구죠?"

"누구긴 임마, 지나가던 선량한 시민이제."

"일단 저희 뒤로 숨어 계세요. 그리고 은숙인 매직미사일 대기하고 있어. 날아오르면 그대로 갈겨버려."

"알았어."

"유화는 특히 조심해. 해골병사 뒤에서 버프 걸면서 수비적으로 싸워. 놈의 주둥이는 사람의 체액을 빨아들이거든."

"알았어요 오빠, 한마디로 모기 같은 놈이네?"

"모기? 생긴 건 완전 나방인디."

"참, 그리고 한 가지 더. 내 기억이 맞다면 놈이 가진 스킬이 하나 더 있는데 아마 날개를 이용해 바람을 일으키는 종류일 거야. 그걸 조심해야 돼. 범위는 좁아도 소형 태풍급 위력이거든."

수현은 태랑의 침착한 태도와 완벽한 지시에 경탄을 금치 못했다. 아까 전 정기가 선보인 어설픈 죽창 공격 계획과는 차원이 달랐다.

느닷없이 등장한 4명의 사람들은 경험 많은 베타랑 전사 같았다. 괴상한 형상의 괴수를 보고도 놀라는 기색조차 없었고, 놈이 어떤 기술을 쓸 수 있는지도 완벽히 파악하고 있었다.

자신이 알기론 분명 각성이 시작 된지 고작 4일 밖에 지나지 않았는데 어떻게 이럴 수 있는 것일까?

더 놀라운 것은 그 다음부터였다.

우락부락한 사내가 갑자기 왼팔을 세워 들더니 '착용' 하고 소리치자 눈앞에서 갑자기 방패가 생성된 것이었다.

눈으로 보고도 믿기지 않는 마술 같은 일.

"어디 한판 붙자, 나방인간!"

한모가 방패로 몸을 가린 채 버터플라이맨을 향해 전진을 시작했다.

태랑은 자기 옆으로 해골병사 두 마리를 더 소환했다. 짐가방을 맨 채 처음부터 곁을 지키던 호위병까지, 6마리 모두를 소환해낸 태랑이었다.

새롭게 불러들인 해골은 마법 화살을 쏘는 해골 궁수.

눈동자가 하얗게 타오르는 해골들은 별다른 움직임 없이 계속 전방을 주시했다. 이들은 은숙의 매직미사일 공격이 빗나갈 경우를 대비키 위한 수단으로 그는 항상 플랜B까지 준비하는 철저함을 보였다.

그 와중에 유화는 '신속의 바람' 오라를 가동하여 한모와 해골병사들의 공격속도를 끌어 올렸다. 버터플라이맨은 자신의 주 무기인 생명력 흡수 공격이 통하지 않자 금방 수세에 몰렸다.

삐쩍 마른 해골바가지들은 말할 것도 없고, 한모마저 뼈의 장벽 방패로 공격을 차단하며 가시 데미지를 되돌리는 바람에 애먼 주둥이만 다치고 말았다.

"으라차!"

한모가 기습적으로 대지격동을 시전 했다. 스턴이 들어 가면 요리조리 피하고 있는 나방 인간의 머리통을 빠루로 박살내버릴 심산이었다.

그러나 C급 괴수는 역시 호락호락하지 않았다.

불길한 느낌을 받은 놈이 그대로 날개를 퍼덕여 공중으로 날아올랐다. 지면에서 이격하자 한모의 기술이 무용지물이 되었다.

"아따, 요시키 봐라?"

한모가 허탈해 하는데 때마침 벼르고 있던 은숙의 공격이 이어졌다.

"매직 미사일!"

은숙이 버터플라이맨을 향해 직사로 날아가는 에너지의 덩어리를 쏘아냈다. 매직 미사일은 빠른 속도로 날아가더니 나비괴수의 가슴팍에 직격했다.

퍽-!

"캬요오오!"

둔탁한 소리와 함께 나비괴수가 붕- 나가떨어졌다. 하필 길거리에 세워진 소화전에 충돌하면서 삽시간에 도로에 분수쇼가 펼쳐졌다.

"나이스 샷."

태랑이 엄지를 치켜들었다.

은숙의 마법실력은 빠르게 발전하여, 이제는 적의 이동

방향과 속도를 고려해 예측사격까지 가능한 수준까지 올라 있었다. 군인이 되었다면 특급사수가 되었을 자질이었다.

"훗, 이쯤이야."

더 이상 몬스터에 벌벌 떨던 그녀가 아니었다.

그녀는 누구보다 적응이 빨랐고, 자신의 역할에 충실했다.

보통이면 갈비뼈가 모두 부러졌을 충격에도, 버터플라이맨이 곧바로 몸을 일으켰다. 그러나 소화전에서 쏟아진 물로 날개가 젖는 바람에 한동안 비행이 불가능했다.

"대지격동 다시 쓸라믄 한참 걸리겠는디?"

한모가 홀로그램 창에 돌아가는 모래시계를 확인하고 말했다. 스킬에 따라서 재사용대기시간, 쉽게 말해 쿨타임이 존재하는 종류가 있었다.

특히 C.C.기나 강력한 파괴력을 지니는 기술들은 쿨타임이 제법 긴 편이었다. 대지격동의 경우 한번 사용하고 나면 5분동안은 포스가 있더라도 사용이 불가능했다.

"그럼 이제 제 차례네요, 장착."

유화가 아티펙트를 소환하자 주먹에 무쇠로 된 장갑이 덧씌워졌다. 손가락 관절 하나하나가 모두 움직이도록 정교하게 제작된 강철장갑은, 엊그제 서울대 입구에서 조우한 C급 몬스터 '요릭'에게 획득한 건틀릿이었다.

"다, 당신들 혹시 마법사입니까?"

한모에 이어 유화까지 어디선가 무기를 소환하자 수현이 놀란 나머지 태랑에게 물었다. 태랑이 피식 웃으면서 대답했다.

"정 궁금하면 오른쪽 귀 만지면서 한번 쳐다보세요."

감식 방법을 알려준 태랑이 말을 따라, 수현이 오른 귀를 만지며 유화를 바라보았다.

놀랍게도 건틀릿 바로 밑으로 자막처럼 설명이 떠올랐다.

[파워 건틀릿] 3등급 아티펙트

-주먹을 단단히 감싸주는 강철 건틀릿.

+장착 시 사용자의 힘을 두 배로 늘려줌.

+포스 7% 상승효과.

+ '해제/장착' 명령으로 인장에 소지할 수 있음.

"이, 이게 대체 뭐죠?"

"아티펙트라는 겁니다. 아직 모르겠지만 몬스터를 죽이면 가끔씩 떨어져요."

"세상에… 말도 안 돼."

태랑은 말도 안되는 게 정말 그것뿐인가 하고 고개를 갸웃했다. 그렇게 따지면 몬스터니, 포스니, 쉴드니 어느 하나 말이 되는 게 없다.

상식과 비상식의 경계는 이미 무너졌다.

유화는 새롭게 얻는 건틀릿에 매우 만족했다.

힘이 두 배로 상승한다고 해서 직접적인 공격수단인 포스가 강해지는 것은 아니지만, 손에 꼭 맞는 장갑의 착용감이 일품이었다. 특히 자연스럽게 주먹을 보호하면서 몬스터를 때려잡기가 훨씬 수월해 졌다.

유화가 강철 장갑을 낀 주먹을 얼굴 옆으로 들어 올리며 공격을 시작했다.

곧 그녀의 기술 주먹연타가 터졌다. 맹렬한 펀치에 나비괴수는 피하지도 못하고 신나게 얻어맞았다.

버터플라이맨은 한모의 가시 반격으로 주둥이가 상해 더이상 흡수 공격을 할 수 없었다. 게다가 날개는 물에 젖어 강풍마법 또한 불가능했다. 이는 손발을 묶어놓고 패는 것이나 마찬가지.

코너에 몰려 가드하는 복서를 밀어붙이듯, 유화의 일방적인 펀치가 나비괴수를 두들겼다. 나비괴수는 안면을 허용하기 시작하더니 끝내 차크라로 변해 사라졌다.

기대했던 녹색의 차크라는 나오지 않았지만, C급에 걸맞는 상당한 양의 쉴드 차크라가 떨어졌다.

동시에 태랑은 버터플라이맨의 특성인 '광각의 심안'을 흡수했다. 특성을 활성화 상태로 돌리자 평소보다 훨씬 넓은 시야 정보가 한눈에 들어왔다.

'와, 생각했던 것보다 대박인데? 마치 귀 옆에 눈이 하나 더 달린 느낌이군. 뒤통수만 빼고 사각이 거의 없잖아?'

광각의 심안은 높은 곳에서 밑을 내려 보는 것처럼, 전장 전체를 조망할 수 있는 넓은 시야를 제공했다. 소환수를 이용한 집단전에 큰 효과를 발휘할 것 같았다.

그러나 평소엔 너무 많은 시각정보의 유입으로 피곤해질 우려가 있었으므로 비활성화 상태로 두어야 할 것 같았다. 잠깐 사용했는데도 두뇌가 풀가동 된 것 마냥 지끈거렸다.

일행이 차크라를 흡수하고, 태랑이 새로 포식한 특성을 점검하는 동안 괴수가 죽은 자리에 조그만 지팡이가 하나 나타났다.

"어? 저건 뭐지?"

"아티펙트다!"

5. 각오

포식의
군주

5. 각오

태랑이 감식으로 재빨리 지팡이를 확인했다.

[빛의 완드(Wand)] 2등급 아티펙트

-어둠을 밝혀주는 지팡이.

+라이트(1Lv) 스킬을 시전 할 수 있음.

+지팡이를 들고 신성 계열 마법사용 시 공격력 27%추가.

"뭐야. C급 몬스터를 잡았는데 고작 2등급 아티펙트?"

"그러게. 심지어 옵션에 장착/해제도 안 붙어 있어. 이럼 계속 들고 다녀야 된단 소린데."

다들 실망하는 기색이었다.

하지만 태랑의 생각은 달랐다.

"원래 C급 몬스터가 줄 수 있는 최대치가 3등급이야. 동일한 아티펙트라도 재수 없으면 옵션이 구린 낮은 등급이 뜨기도 하고. 앞의 두 번이 우리가 운이 좋았던 거지, 이 정도면 평타친거야."

"흠. 그렇군."

"그럼 1등급 아닌 것만도 다행인 건가?"

"뭐, 그런 셈이지. 참 그리고 이건 우리한테 무척 필요한 장비야."

"왜?"

"공짜 스킬이 하나 걸려 있잖아."

"라이트마법?"

"맞아. 만약 스킬 포인트를 날려가며 새 스킬을 배웠는데 그게 라이트(Light)라고 생각해봐. 그건 정말 최악이지. 공격도 수비도 안 되는 단순 유틸리티 마법에 스킬 포인트를 허비한 셈이니까. 하지만 이렇게 아티펙트에 직접 걸려 있는 주문은 공짜나 다름없거든."

"아, 그렇구나."

"근데 이 마법은 용도가 뭐야?"

"라이트 마법은 어두운 던전을 환하게 비출 수 있어.

포식의 군주 1

정전으로 컴컴한 던전 공략엔 필수지. 이제 해어밴드에
플레쉬 매달고 다닐 필요가 없다는 거지."

태랑 일행이 새로운 아티펙트를 놓고 서로 얘기를 나누
는 사이 수현은 조용히 죽은 친구들의 시신을 수습했다.

상태가 멀쩡한 시체는 거의 없었다. 몸이 반쯤 녹아 없어
지거나 완전히 말라비틀어진 미라 같은 시체뿐이었다. 생
전의 모습이 거의 남지 않아 현실감조차 느껴지지 않았다.
태랑 일행은 혼자 애쓰는 수현의 모습을 보고 그를 도왔다.

친구들의 유해를 한데 모은 뒤 어디선가 구해온 박스와
신문지를 이용해 덮었다. 야생동물이 끓지 않도록 매장해
주고 싶었지만 아스팔트로 덮인 도시에선 땅에 묻는 것조
차 불가능했다.

친구들의 사체를 모두 정리하자 수현은 급격한 상실감에
빠졌다. 밖으로 나선지 하루 만에 혼자만 살아남게 된 것은
전혀 예상치 못한 결과였다.

일주일을 동안 함께 숨어 지내던 친구들은 이제 세상에
없었다. 불안한 예감이 들었을 때 더 적극적으로 친구들을
말리지 못한 것이 깊은 후회로 남았다.

그때 태랑이 물었다.

"혹시 학생인가요?"

"네. 대학생이요. 2학년이에요."

"친구들 일은 참 안됐어요. 저희가 좀만 빨리 왔어도…"

"아, 아닙니다. 경황 없어가지고 고맙다는 말씀도 못 드렸네요. 목숨을 구해주셔서 감사합니다."

"뭘요. 돕고 살아야지. 길거리엔 몬스터가 배회하니까 위험해요. 함부로 돌아다녀선 안 됩니다."

"네, 알고는 있는데 먹을 게 떨어져 가지고…."

수현이 주린 배를 감쌌다.

2끼 연속해서 굶은 뱃속에서 부끄러운 소리가 났다.

이를 본 태랑이 짐을 들고 있는 해골을 시켜 음식물이 든 배낭을 펼쳐 보였다.

"여기서 먹을 것 좀 챙겨가세요. 우린 많으니까."

"정말 고맙습니다."

수현은 초면에 면목이 없었지만 배낭에 가득 담긴 통조림이나 음식들을 보자 도저히 거절 할 수 없었다. 수현이 허겁지겁 음식을 챙기는데 태랑이 물었다.

"참 혹시 여기 근처에 전기가 들어오나요? 위에서부터 싹 훑으면서 내려 왔는데 죄다 정전이라…."

"전기요? 저희가 숨어있던 곳은 들어와요."

"아! 그럼 혹시 거기 인터넷이 될까요? 컴퓨터도 있어요?"

태랑이 반색하며 물었다.

"네, 그런 것이라면 아주 많죠. 거긴 PC방이거든요."

마침 수현 일행이 숨어 지내던 곳은 4층짜리 상가 건물의

PC방이었다. 그들은 게임을 하러 왔던 중 몬스터 인베이젼 사태를 맞아 완전히 눌러 앉은 것이었다.

태랑 일행은 지난 4일 동안 전기가 살아있는 지역을 찾아 헤맸다. 당장 노트북을 훔쳐간 십자가 문신 남에 대한 정보가 전무했으므로, 위치추적부터 선행되어야 했다.

그러나 대부분 지역이 정전이었기 때문에 소기의 목적을 달성할 수 없었다. 와이파이 역시 전원이 나간 상태론 무용지물이라 혹여나 배터리가 남은 노트북을 발견해도 허사였다.

그런데 때마침 전기가 통하고 인터넷도 되는 장소를 발견한 것이었다.

"잘됐네요. 혹시 저흴 그곳으로 데려다 주실 수 있을까요? 저희에겐 무척 중요한 일입니다."

"당연하죠. 생명의 은인이신데… 그럼 따라오세요."

수현이 태랑 일행을 자신의 아지트로 안내했다.

PC방 입구 부근은 장애물로 가득했다. 이곳에서 숨어 지낸 수현과 친구들이, 괴수의 접근을 막기 위해 계단 주변을 의자와 테이블로 단단하게 막아둔 것이었다.

허리를 바짝 숙여야 들어갈 수 있는 비좁은 개구멍을 통해 안으로 들어가자 PC방 내부가 드러났다.

빈 컵라면, 찢어진 과자봉지가 어지러이 널려있고 책상을 밀어 공간을 확보한 바닥에는 잠자리 대용으로 커다란 박스가 깔려 있었다. 제대로 된 이불도 없이 무릎담요와 두꺼운 옷가지가 전부였다. 그간의 열악한 대피생활을 짐작할 수 있는 부분.

"이곳에서 꼬박 일주일을 버텼어요. 하지만 음식이 떨어지고 나니 도저히 답이 없더라구요."

태랑은 급한 마음에 컴퓨터부터 켰다.

유화가 대신 수현의 말을 받았다.

"고생 많았겠어요."

"처음 며칠 동안은 거리에 비명소리가 끊이질 않더라구요. 정말 끔찍했죠. 도망치려고도 했는데, 번번이 기회를 놓쳤어요."

"밖으로 나갈 때 무섭지 않던가요?"

"당연히 겁났죠. 하지만 선택권이 없었어요. 이대로 굶어 죽느냐, 괴물과 싸우다 죽느냐 둘 중 하나를 골라야 했으니까. 근데 어제 정기라는 친구가 '레이드(Raid)' 게시판에 올라온 괴물 사냥 동영상을 하나 보여줬어요."

"레이드 게시판? 동영상은 또 무슨 말이에요?"

"모르셨어요? 아시는 줄 알았는데… 지금 인터넷 접속가능한 사람들은 다 거기로 모여요. 원래 무슨 유머 싸이트였데 용도가 변경됐죠. 아직까지 서버도 살아있고 트래픽도 어떻게 감당이 되나 보더라구요."

"그런데가 있다구요?"

"네. 암튼 그 싸이트에 누군가 스마트폰으로 찍은 동영상을 올렸어요. 그걸 보고 많은 사람들이 깨달았어요. 괴물도 사냥해서 죽일 수 있는 존재라는 걸."

유화의 깜짝 놀라는 표정을 보고 오히려 수현이 의아한 기분이 들었다. 이들은 진심으로 '레이드'라는 생존자들 커뮤니티를 모르는 눈치였다.

헌데 어떻게 그렇게 완벽하게 사냥을 했던 것일까?

마치 괴수를 한번 상대해본 것처럼.

그때 태랑이 소리쳤다.

"찾았다!"

"뭐여? 참말이여? 어디여?"

"근데 여긴 어디지?"

화면에 뜬 지도는 정확한 지점을 가리키고 있었다.

그곳은 바로….

"가만, 여기 63빌딩이잖아? 맞지?"

모니터에 뜬 지도에서 가리키는 위치는 여의도 한강공원이 내려다보이는 63빌딩의 한가운데였다.

태랑은 도무지 이해할 수 없었다.

어떻게 자기 노트북이 63빌딩에서 나타난 것일까?

노트북의 소재를 파악한 것은 다행스런 일이었으나 태랑

으로선 도무지 이해할 수 없는 사태였다.

"이거 오류 아냐? 통신도 두절되고, 몇몇 지역은 정전 때문에 난리도 아니었잖아. 어떻게 관악산 부근에서 잃어버린 노트북이 63빌딩에 있다고 나올 수가 있어?"

얼빠진 표정으로 서있는 태랑보다 은숙이 외려 흥분했다. 한모나 유화는 전자기기 계통으론 문외한이었으므로 두 사람의 대화에 끼어 들 여지가 없었다.

"위치정보가 틀렸다는 얘기야?"

"그래. 왜, 네비게이션 쓰다보면 가끔 그럴 때 있잖아. 생각해봐. 지금 위치가 틀림없다면 도둑놈이 몬스터들이 득실거리는 서울 한복판을 뚫고 관악산에서부터 63빌딩까지 이동했다는 소리잖아. 그게 가당키나 해? 너 진심으로 그렇게 생각하는 거야?"

따지듯 달려드는 은숙의 태도에 태랑 역시 동의하고 싶었다.

십자가 문신이 노트북을 들고 달아난 시점은 몬스터 인베이전이 벌어지고 이틀 째, 즉 서울이 한창 굶주린 괴수들에 의해 유린당하던 시기였다.

배를 채우지 못한 몬스터들은 건물을 부수고 들어가서까지 굶주림을 달랬다. 각성이 시작되기 전이라 일방적인 학살극이 도시 전체에서 펼쳐졌다. 그런 와중에 이동은 불가능했을 것이다.

"각성 후에 이동했을 가능성은?"

"우리처럼 몬스터를 사냥해 가면서? 위험한 놈들은 골라 피하고, 길목을 버티고 선 무리가 사라 질 때까지 몇 시간 이고 기다리면서 말이지?"

태랑은 자신이 가설을 제시하고서도 말도 되지 않는다 생각했다. 각성이 되었다한들 평범한 사람이 그 의미를 깨 닫는 데는 시간이 필요하다. 또 도심간 이동에는 필연적으 로 위험이 동반된다.

어떤 몬스터가 어디서 튀어 나올지도 예측 불가능.

태랑 일행이 반나절이면 올 수 있던 거리를 3일에 걸쳐 조심스레 이동했던 까닭도 여기에 있었다.

노트북 도둑이 혼자 극악한 확률을 뚫고 63빌딩으로 이 동을 성공했다? 도저히 믿기지 않았다.

태랑은 불안하게 깜빡이는 커서를 쳐다보았다.

이건 오류여야 한다.

상식적으로 납득이 가지 않았다.

부정하고 싶었다.

잘못되었다고, 사실이 아니라고.

하지만 이성은 벌써 차가운 결론을 내린 상태였다.

"…나도 이해가 되질 않아. 하지만 위치는 절대 오류 일 수 없어."

"뭐? 왜?"

"모바일장치라면 기지국을 거쳐 수신이 잡히니 이동상황에 따라 오차가 발생했을 수도 있겠지. 하지만 노트북은 고정된 랜이나 와이파이로 구동됐어. 분명 누군가 63빌딩에서 노트북을 통해 인터넷에 접속했고, 그렇기 때문에 이런 기록이 남은거야."

"스마트폰 핫스팟을 통했을 수도 있잖아?"

"핸드폰은 인베이젼 첫날부터 먹통이었어. 기억 안나?"

"그럼 정말로 그 위치가 확실하다는 거야?"

"…그래."

63빌딩의 위치표시가 오류가 아니라고 한다면 그건 너무 심각한 상황이었다.

"젠장! 왜 하필이면 63빌딩이야! 하고 많은 데를 두고 왜!"

짜증 섞인 태랑의 반응에 유화가 조심스레 물었다.

"왜요 오빠? 문제 있어요?"

"거긴 서울에서 다섯 손가락 안에 드는 타워야."

"타워라면 몬스터가 거주한다는 고층빌딩?"

"그래. 도곡동 타워펠리스, 목동 하이페리온. 그리고 국제금융센터(IFC), 롯데월드타워와 더불어 조만간 5대 타워라고 불리게 되는 곳."

"죄다 초고층 빌딩들이네?"

"저번에도 얘기했지만 지하철역, 그리고 30층 이상 고층 건물에는 몬스터들이 가득 들어 차 있어. 그중에서 5대 타워는 최악 중의 최악으로 꼽히지."

"그건 왜요?"

"지하철역에서도 밑으로 내려갈수록 몬스터가 강해졌지? 지하 1층보단 2층이, 2층보단 3층이."

"그랬죠."

"빌딩도 마찬가지야. 위로 갈수록 몬스터가 강해져."

"위로 갈수록? 헉, 잠깐. 그럼 63빌딩이면 대체…."

"최상층에 있는 놈들은 등급도 가늠하기 어려운 괴물들이야. 감히 덤벼볼 엄두도 못 내는 수준이지."

연유는 알 수 없지만 어쨌든 벌어져 버린 일이었다.

노트북은 현재 63빌딩에 위치해 있었고, 배터리가 떨어지고 나면 계속 그 자리를 고수할 가능성이 컸다.

태랑의 얼굴이 딱딱하게 굳어갔다.

지금으로부터 일주일 전.

젊은 남성 하나가 백팩을 메고 관악산 등산로를 따라 걷고 있다.

그의 이름은 신덕환.

고교 자퇴 후 낮에는 피자 배달 아르바이트생으로 밤에는

'서울 동부 연합'의 일원으로 활동하고 있었다.

서울 동부 연합은 수도권 일대에서 나름 이름난 폭주족 무리였는데, 맴버 모두 왼쪽 눈 옆에 독특한 십자가 문신을 새긴 것이 특징이었다.

몬스터 인베이젼 첫날 덕환은 괴수의 습격을 피해 정신 없이 도망쳤다. 한참을 달아난 그는 우연히 관악산까지 이르게 된다.

눈앞에서 산채로 팔다리가 뜯겨 죽는 사람을 목격한 뒤라 도저히 도시 쪽으론 내려갈 엄두가 나지 않았다.

밤이슬을 맞으며 불면(不眠)의 밤을 지새우던 그는, 다음날 아침 산속에서 빈 텐트 하나를 발견하게 된다.

"어라? 누가 버리고 갔나?"

아이스박스엔 음식이 가득했다. 덕환은 허겁지겁 배부터 채웠다. 밤새 추위로 떨었던 몸이 한결 나아지는 기분이었다.

배를 채우고 나자 불쑥 걱정이 들었다.

'혹시 주인이 있는 텐트였으면 어쩌지? 내가 훔쳐 먹은 것을 알면 분명 화를 낼 텐데…'

결심을 마친 덕환은 급히 가방에 남은 음식들을 쓸어 담았다. 기왕 훔쳐 먹은 거 만약을 대비해 챙겨놓는 편이 좋다고 판단했다. 다른 쓸 만한 것들이 있나 뒤지던 중 텐트 안에서 노트북도 하나 발견했다.

"어라? 이거 비싼 제품이잖아? 완전 재순데?"

가방에 필요한 물건을 챙긴 덕환은 얼른 자리를 떴다. 혹시라도 텐트 주인이 돌아오기 전에 도망쳐야 했다.

"어이, 죽기 싫으면 가진 거 다 내놓고 가라."

"살려 주십쇼. 머, 먹을 것밖엔 없습니다."

그는 도망치던 도중 흉악범들을 만나 챙겨온 음식을 모두 털리게 되었다. 그들 역시 굶주렸는지 음식물 외에 물건엔 관심을 보이지 않았다.

범죄자들에게 음식을 바치고 목숨을 건진 덕환은 주린 배를 움켜쥐고 관악산을 내려왔다.

야산에서의 노숙도 힘들었고, 무엇보다 강도를 당하고 나니 산속이라고 특별히 안전할 것 같지 않았다. 이대로 숨어 있다간 칡뿌리나 캐먹다 굶어 죽을 판이다. 차라리 사람들과 함께 모여 있는 게 나을 것 같았다.

산을 내려가자 하루 사이 도시는 난장판으로 변해 있었다.

도로를 가득 매운 차들은 죄다 도어가 열린 채로 텅텅 비어 있고, 도심 곳곳에서 불길이 치솟았다. 숨을 곳을 찾아 헤매이던 덕환은, 곧 도로를 따라 이동 중인 사람들과 합류했다.

그들은 집을 버리고 남쪽으로 떠나는 피난민 무리였다.

처음엔 가족 단위였던 것이 나중엔 덩치가 불어나 어느덧 수백에 이르는 대 행렬로 변했다. 사람들이 뭉쳐 다니니 어느 정도 심정적으로 의지가 되었다. 그러나 각성 전이었으므로 설사 수 만 명이 모인들 아무 소용없었다.

피난민 무리는 곧 몬스터의 공격을 받게 되었다.

단, 이번엔 지상이 아니었다.

날개를 좌우로 펼치면 그늘을 드리울 만큼 거대한 존재가 공중에서 모습을 드러냈다.

바로 비룡(飛龍)이라 불리는 와이번이었다.

공중에서 먹잇감을 발견한 와이번은 피난민 행렬을 향해 강한 마비 독을 내뿜었다. 머리 위에서 쏟아지는 융단폭격에 수많은 사람들이 쓰러졌다. 그 중엔 덕환도 포함되어 있었다.

와이번은 곧바로 착지하여 기절한 사람 수백 명을 산채로 먹어 치웠다. 어찌나 식성이 대단한지 제대로 씹지도 않고 목구멍으로 밀어 넣는 것 같았다.

적당히 배를 채운 와이번은 둥지에 있는 새끼들의 먹잇감으로 몇 명을 입에 담았다. 커다란 부리 안에 6명이 담겼다.

비룡의 입에 물려 실려 간 곳은 63빌딩 옥상.

그곳은 유사시를 대비해 대한민국 육군의 방공포대가 자리한 곳이었다.

자신을 향해 방공포를 갈겨댄 군인들을 제압하기 위해 내려온 비룡은, 그곳에 아예 둥지를 틀었다. 그리고 거기서 아직 비행이 서투른 새끼들을 길렀다.

새끼는 모두 3마리.

놈들은 아직 어미처럼 크지 않았다. 그래도 지구에서 가장 큰 새라는 타조보다 컸다. 새끼들은 한입에 십 수명도 집어삼키는 어미와 달리, 부리로 쿡쿡 찢어 분시해 먹었다.

진한 피비린내를 느끼며 덕환이 정신을 차렸을 땐, 같이 붙잡혀온 여섯 사람 중 넷은 이미 시체로 변한 상태였다.

'으헉! 이게 다 뭐야!'

덕환이 패닉에 빠져 비명을 지르려 할 때 누군가 덕환의 입을 강하게 틀어막았다.

"쉿— 지금 소리치면 다 죽어."

그는 덕환과 함께 끌려온 여섯 사람 중 한명이었다. 짧은 머리에 검게 그을린 얼굴이 군인을 짐작케 했다.

그가 계속 속삭였다.

"내말 잘 듣게. 저 새끼 괴수들은 다른 사람을 먹느라 정신이 팔려있어. 도망칠 기회는 지금 뿐일세."

덕환은 침착한 군인의 모습에 자기도 겨우 정신을 차렸다.

"자, 얼른 밑으로."

두 사람은 새끼들이 있는 둥지에서 몰래 빠져나와서 아래층으로 내달렸다. 62층이라 표기된 곳이었는데 하필 아래로 연결된 통로는 굳건하게 잠겨있었다.

발로 차 부수려고 해도 군사시설로 사용되던 곳이라 어지간한 충격엔 끄떡없었다.

"꿈쩍도 안하는군. 어디 도끼 같은 거 없을까? 문고릴 내리치면 될 것도 같은데…."

"제 생각엔 그만 두는 게 좋겠어요. 위에 있는 괴물들이 혹시 소리라도 들으면…."

"흠… 그래. 어쩔 수 없군."

두 사람은 철문을 등지고 주저앉았다.

이마엔 땀방울이 가득했다.

바로 위층에서 괴물 새끼들이 사람을 뜯어 먹고 있었지만, 당장 살았다는 안도감에 제법 긴장이 풀렸다. 군인이 나직하게 말했다.

"아마도 여긴 63빌딩일 거야."

"그걸 어떻게 아세요?"

"위에 방공 포대말야. 63빌딩에 하나 설치되어 있다고 들은 적이 있거든. 지금 여기가 62층이니까."

"아…그렇구나. 근데 혹시 군인이세요?"

"티 많이 나나?"

"네. 조금요."

"난 서일웅 대위라 하네. 특전사령부에 있지. 휴가 나왔다가 이번 사태에 휩쓸렸네."

"저는… 신덕환입니다. 아르… 대학생이구요."

"그래. 덕환군. 같이 끌려온 사람들은 재수 없게 당하고 말았지만 우린 어떻게든 살아나가 보세. 끝까지 포기하지 않으면 분명 희망이 있을 거야."

비상계단으로 연결된 이곳은 조그만 창고처럼 보였다.

아마도 방공시설을 고려하여 특별히 비어둔 공간 같았다.

"그나저나 완벽하게 고립된 셈이군. 혹시 스마트폰 있
나?"

"아니요. 배터리 나갔습니다. 근데 어차피 전화도 안 되
던데요?"

"전화야 처음부터 안됐으니 뭐… 혹시 뉴스라도 볼 수
있나 했는데 도리가 없구만. 인터넷이라도 되면 좋을텐
데…."

덕환은 그 말에 퍼뜩 가방에 담아둔 노트북이 떠올랐다.

"참, 제 가방에 노트북이 있어요. 혹시 여기 와이파이만
잡힌다면…."

"그래? 잘됐군. 그래도 큰 빌딩인데 하나쯤 잡히지 않겠
나? 한번 켜보게. 밑져야 본전인데…."

사냥을 나갔던 어미 와이번이 둥지로 돌아온 것은 바로
그때였다.

❖　❖　❖

"에이 씨팔! 그걸 왜 훔쳐가지고! 병신새끼가."

생각 할수록 열 받는 일이었다.

태랑은 엄한 피씨방 의자를 걷어차며 거칠게 감정을 표출했다. 그답지 않은 과격한 모습에 유화는 걱정했고, 은숙은 침묵했으며, 한모는 껄껄 웃었다.

"쟤 좀 말려야 하는 거 아냐?"

"내비 둬. 인자 쪼까 사내자식처럼 구는구만. 남자가 저럴 때도 있어야지."

한모의 방관에 보다 못한 유화가 나섰다.

"오빠, 화 좀 풀어요."

"그게 없으면 안 돼. 그게 없이는 절대 안 된다고!"

태랑의 얼굴이 시뻘겋게 달아올라 있었다.

그로선 도무지 납득이 가질 않았다.

노트북 도둑은 본인이 무슨 짓을 했는지도 모를 것이다.

그의 생각 없는 도벽 때문에 세상이 파멸될 수도 있었다.

밀려오는 격분을 참을 수 없었다.

처음엔 노트북 도둑을 원망했다.

그러다 시간이 지나자 중요한 물건을 함부로 방치한 스스로에게 화가 났다. 처음부터 목숨처럼 챙겼어야 했다.

안일한 대처가 결국 일을 그르치고 말았다.

"다 끝이야. 내가 모두 망쳐버렸어."

화내기를 멈춘 태랑은 이젠 자책하기 시작했다.

태랑의 급격한 감정변화에 은숙이 우려했다.

'저러다 멘탈 나가겠네….'

"유화야. 네가 좀 어떻게 해봐. 태랑이 저러다 일 치르겠다."

"제가요? 어떡해?"

"같이 담배라도 한 대 펴. 그럼 좀 진정되지 않겠니?"

은숙의 조언에 유화가 씩씩거리는 태랑을 붙잡고 PC방 흡연부스로 끌고 갔다.

"오빠, 열 좀 식혀요. 자."

유화가 태랑의 입에 담배를 물렸다. 담배는 곧 재갈이 되어 씩씩거리던 태랑을 침묵시켰다. 태랑은 연기를 깊이 빨아들이며 거친 숨을 가다듬었다.

니코틴이 유입되자 서서히 흥분이 가라앉는 것 같았다.

"아이참~ 그새 라이터 고장 났나?"

방금 태랑에게 불붙일 때만 해도 멀쩡한 라이터였는데, 유화가 속보이는 연기를 했다.

"오빠 잠시 그대로 있어 봐."

유화는 입에 담배를 문채로 태랑의 담배에 맞부딪혔다. 흡사 빼빼로 키스를 연상시키는 자세. 불을 붙이기 위해 숨을 들이키는 유화의 호흡이 느껴졌다.

갑작스런 유화의 도발에 태랑은 당황했다.

'뭐, 뭐야 이거. 설마 이거 간접키슨가?!'

투명한 흡연부스 밖에서 그 모습을 지켜보던 은숙이 혀를 찼다.

'쟤는 진정 시키라고 보냈더니 썸을 타고 있네? 잘 한다 아주, 드라마를 찍어라. 나만 맨날 악역이지.'

보다 못한 은숙이 부스 문을 박차고 들어갔다.

"태랑. 나랑 얘기 좀 해."

태랑은 극단적으로 치닫던 감정이 담배의 이완작용과 유화의 깜찍한 도발로 인해 다소 가라앉은 상태였다. 한마디로 이성을 되찾았다.

"그래."

"노트북이 정말로 63빌딩에 있다고 쳐. 그럼 우린 이제 어쩌면 되는 거야?"

"일이 어렵게 됐어. 완벽하게 꼬여 버렸달까…"

"그렇겠지. 노트북에 모든 게 담겨 있었다며. 하지만 길이 아주 끊긴 건 아니잖아."

그래. 그것만 해도 어딘가?

세상엔 다시 돌아 갈 수 없는 선택지도 존재한다.

은숙, 아니 레이첼의 삶이 그랬다.

어쩔 수 없이 어두운 길에 발을 딛게 되었고, 그것은 불가역적인 선택이 되었다. 유턴이 불가능한 일방통행로. 막다른 길인 줄 알지만 전진해야 하는 삶.

은숙은 천지개벽한 요즘이 차라리 낫지 않나 하는 생각이 들 정도였다. 식인 몬스터가 날뛰는 세상에서는 누구도 과거를 묻지 않을 테니까.

"63빌딩에 노트북이 있다면 그곳을 공략하면 되겠지. 하지만 지금 실력으로는 어림없는 곳이야."

"우린 벌써 C급 몬스터를 3마리나 잡았잖아. 그래도 힘들어?"

"C급? 타워랑 던전은 비교할 수 없어. 타워에서 C급은 문지기도 못 해. 아주 발에 체이는 수준일 걸?"

"히엑, 그 정도에요?"

유화도 화들짝 놀랐다.

C급 몬스터를 마무리한 것은 주로 자신이었지만, 그것은 팀원들이 도왔기 때문에 가능했다.

태랑이 완벽에 가까운 오더를 내렸고, 한모가 몸빵을 담당했으며, 은숙이 마법으로 보조했다. 혼자서 라면 절대 무리였을 것이다. C급 몬스터는 그만큼 어려운 상대였다.

"필드가 초급, 던전이 중급이라면, 타워는 최상급 사냥터야. 무지막지 강해."

"결론부터 말해. 그래서 불가능하다고?"

은숙의 단도직입적인 질문에 태랑은 쉽사리 대답하지 못했다.

가능하겠냐고 묻는다면, 불가능하진 않다.

하지만 이것은 질문이 잘못되었다.

할 수 있느냐 물을 게 아니라, 얼마나 걸리겠느냐 물어야 한다.

"…할 수는 있겠지. 언젠가는. 다만 문제는 시간이 부족해."

"전에 말한 그 3년 때문에?"

"그래. 소멸자 세트를 모으는 데도 빠듯한 시간이야. 그 와중에 63빌딩에 있는 노트북부터 찾아야 하잖아. 그걸 확보하고 나서 다시 소멸자 세트를 또 구하고…."

"구질구질한 소린 집어치우고, 가능하다면 그걸로 된 거야. 방법이야 찾으면 되지. 안 그래? 테슬라의 방법을 생각해. 에디슨 같은 소리 그만하고."

"음…!"

태랑이 보기 좋게 한방 먹었다.

은숙이 지난번의 말을 고스란히 되돌려줬다.

그녀는 자진해서 밑바닥까지 내려갔던 사람이다.

어지간한 역경엔 굴하지 않는다. 그만큼 내면이 단단했다.

"자책 말고 대안을 제시해. 우린 너 하나 믿고 여기까지 왔어. 앞으로도 쭉 널 지지할 거고. 너부터 이렇게 흔들리면 우린 어떻게 하니?"

작심한 듯 쏟아내는 은숙의 직언에 태랑은 부끄러운 기분이 들었다.

미래를 보았다느니, 함께 하자느니 먼저 말을 꺼낸 건 다름 아닌 자신이다. 이래선 곤란하다.

선장이 나침반을 잃었다고 항해를 포기하는 격이다. 어떻게든 풍랑을 헤쳐가야 한다. 그게 리더다.

'그래. 포기하지 말자. 분명 방법이 있을 거야.'

은숙의 질책과 격려로 태랑이 다시 힘을 냈다.

모두가 자신을 믿고 있다. 이제는 자신이 해야 할 때다.

최단 기간에 63빌딩을 공략하는 방법.

달리 말하면 최단 기간에 강해져야 한다는 뜻이었다.

태랑은 연달아 담배를 태웠고, 숙고의 시간이 길어져 갔다.

그 사이 한모와 수현도 주위로 모여들었다.

장고를 마친 태랑이 마침내 입을 뗐다.

"수현씨라고 했던가요?"

"네, 여기선 제가 제일 어린 거 같은데 말 편히 하세요."

"그럴까? 혹시 여기 종이랑 팬 좀 있어?"

"네, 잠시 만요."

수현이 잽싸게 카운터에서 메모지와 팬을 들고 왔다. 빠릿빠릿한 동작이 막 자대배치를 받은 이등병 같았다.

"여기 있습니다."

"고마워."

태랑은 일행들이 볼 수 있게 메모지 가운데 커다랗게 원을 그리고 가운데 '커널 파괴' 라고 썼다.

"지금부터 내 말 잘 들어. 가장 중요한 목표는 커널을 부수는 거야. 3년 뒤에 열릴 커널을 파괴하지 않으면 세상이 쑥대밭이 되고 말아."

태랑은 그 옆으로 가지를 친 후 이번엔 '소멸자 세트'라고 적었다.

"소멸자 세트는 아티펙트를 말해. 내 기억대로면 모두 합쳐 12가지의 아티펙트가 조합되 만들어져."

"조합된다는 건 무슨 뜻인데?"

"그러니까 아티펙트를 하나씩 모아 특별한 기능을 발휘하도록 하는 거지. 예를 들어 우리가 이번에 구한 '빛의 완드'에 스킬이 걸려있었지?"

"라이트 마법?"

"그래. 그것처럼 12개의 아티펙트를 한데 모으면 특별한 능력이 하나 생겨나. 바로 커널을 파괴할 수 있는 '소멸의 권능'이지."

"12개 정도면 벌써 외우지 않았어? 네 기억력으로."

"이름이야 알고 있지. 하지만 구하는 조건이 제법 까다로워. 노트북에 적어놨기 때문에 조건까지는 굳이 외우지 않았고."

"아깝다."

태랑은 이번에는 반대편으로 가지를 쳐 '동료모집'이라고 적었다.

"지금부터는 63빌딩을 빠르게 공략하기 위한 방법이야."

"동료모집이라면…."

"나는 꿈에서 봤던 뛰어난 각성자들을 여럿 알고 있어. 그들을 우리 편으로 합류시킨다면 목표 달성 시간을 앞당길 수 있을 거야. 하나의 화살은 쉽게 부러지지만, 여러 개의 화살은 부러지지 않거든."

"오호."

태랑은 그 밑으로 연달아 '아티펙트' 라고 적었다.

"다음은 아티펙트. 레벨링 만큼 중요한 게 바로 아티펙트야. 무기의 발전은 나약한 인간이 지구를 지배할 수 있게 해줬지. 이처럼 뛰어난 아티펙트는 몬스터를 물리치는데 큰 도움을 줄 거야."

"그건 맞는 말이여, 난 뼈의 장벽 하나만 얻었는데도 엄청 좋드랑께?"

태랑은 마지막으로 '특성 포식자' 를 적었다.

"이건 오빠 특성 아니에요?"

"응."

"이건 왜?"

"몇 번을 생각해도 단기간에 63빌딩을 공략하려면 지금으로선 딱 한 가지 방법밖에 없어."

"뭔데 그게?"

"나를 최대한 빨리 키우는 거야."

"키워?"

"네? 다 큰 거 아니었어요?"

태랑이 피식 웃었다.

"현재 우리 중에선 유화가 가장 강하지. 하지만 포텐으로 보면 내가 더 우위에 있어. 난 특성을 골라먹으며 끝없이 강해질 수 있으니까."

"그건 인정."

"그랑께 니 말은 강력한 한명에게 싹 다 몰빵하잔 소리제?"

"맞아요. 그래서 앞으로의 모든 코스를 제가 가장 빠르게 성장할 수 있도록 짰어요. 그렇지 않으면 시간 안에 도저히 불가능 하거든요."

"그건 오빠 말이 맞는 거 같아요."

태랑이 메모지에 기록한 내용을 한 번 더 정리했다.

1. 63빌딩을 최단기간에 공략하는 것을 우선목표로 한다.

2. 노트북을 되찾아 소멸자 세트에 대한 단서를 확보한다.

3. 소멸자 세트를 이용, 3년 안에 커널을 파괴한다.

"간단히 적었지만 쉽지 않은 일이야. 다들 할 수 있겠어?"

"듣기만 해도 재밌겠는디? 벌써부터 몸이 근질근질 하구만."

"최선을 다해봐야지."

유화가 눈을 반짝이며 말했다.

"그럼 우리가 세상을 구하는 거네요? 와, 제가 막 대단한 사람이 된 것 같아요."

그 말에 태랑이 진지하게 대답했다.

"난 그런 거창한 이유 때문이 아냐."

"그럼요?"

"죽기 싫으니까 하는 거야. 난 미래를 봤어. 꿈도 희망도 없는 세상을. 어차피 누군가 하지 않으면 3년 안에 모든 걸 잃게 되겠지. 그래서 하려는 거야. 아무것도 못해보고 죽기 싫어서."

"아…."

그때 조용히 태랑의 얘기를 듣고 있던 수현이 조심스럽게 입을 열었다.

"저, 저기 말씀 중에 죄송한데요… 그럼 저는 이제 어떻게 할까요?"

"응? 너?"

수현의 목숨을 구하긴 했지만 태랑 일행에게 그의 뒷일까지 책임질 의무는 없었다.

"서운하게 들리겠지만 우린 앞으로 해야 할 일이 많아.

컴퓨터를 사용하게 해준 건 고마워. 그래도 자기 앞가림을 스스로 하도록 해."

은숙이 딱 잘라 말했다.

태랑이 쉽게 거절 못할 것을 알고 먼저 치고 나온 것이다.

수현은 아쉬운 표정을 감추지 못하고 금세 시무룩해 졌다.

"…네."

"잠깐."

태랑이 수현을 불러 세웠다.

"혹시 특성 좀 확인해 봐도 될까?"

"제 특성이요?"

"그래. 한번 봐줄게."

태랑이 가까이 다가가 수현의 귀를 매만졌다.

수현은 바짝 긴장해 흠칫 몸을 떨었다.

'수줍음이 많은 편이네? 남자애가.'

[성명 : 이수현, ♂(21)]

포스 : 10.20

쉴드 : 10.42

스킬 : (0/3Point)

'없음'

특성 : 전격의 연결고리

-뇌전 계열 공격 시 체인라이트닝 효과가 자동 발동함.

'음? 이건?!'

혹시나 하는 마음에 수현의 특성을 확인한 태랑이 깜짝 놀랐다.

'전격의 연결고리'는 뇌전 계열 특성 중에서도 손에 꼽을 정도로 우수한 특성이다. 스킬만 받쳐 준다면 마법사로 대성할 수 있는 자질이었다.

태랑이 진지하게 물었다.

"너 갈 곳은 있어?"

"아뇨. 당장은요. 김해 쪽에 가족들이 있긴 한데 거기까지 갈 방법이 없어요."

"우리 이 친구 합류시켜도 될 것 같아."

"태랑, 불쌍하다고 아무나 받아 줄 순 없어."

은숙이 반대했다.

"불쌍해서 그런 거 절대 아니야. 내가 동료를 받는 원칙은 딱 하나야."

"뭔데?"

"능력. 우리에게 도움 될 수 있는 능력 말이야. 수현이 가진 특성은 뇌전 계열 특성에서도 최상위에 속하는 거야. '뇌전의 지배자', '전뇌의 심판' 정도로 탁월하지."

"그렇게 말해봐야 우린 잘 몰라. 암튼 좋은 자질을 갖고 있다는 거야?"

"그래. 내가 거짓말을 왜 하겠어."

"하지만 스킬이 안받쳐주면 다 부질 없는 거잖아?"

정확한 지적이다.

계열 특성의 경우, 그에 해당되는 스킬이 동반되지 않으면 아무짝에도 쓸모없다. 은숙이 예리하게 그 부분을 꼬집었다.

"맞아. 그래서 이번 채용은 조건부야. 이수현."

"네!"

수현은 '조건부'라는 말에 바짝 긴장했다.

"쭉 들어서 알겠지만 우린 해야 할 일이 많은 사람들이야. 한 명, 한 명을 구하려 들다간 더 큰 걸 잃을 수도 있다는 얘기야."

"무슨 말인지 알 것 같아요."

"그래서 우린 너를 조건부로 받아들일 거야. 조건은 다음 스킬 포인트로 뇌전 계열 능력을 획득하는 것. 그걸 못해낸다면 우린 부산으로 떠나는 피난 행렬에 널 돌려보낼 거야. 무슨 말인지 알겠지?"

"예, 옙."

지금 같은 세상에선 선하고 강한 자 곁으로 사람들이 모여 들 수밖에 없다. 그러나 모든 사람을 도와주려다 보면 정원이 초과된 배처럼 침몰하고 말 것이다.

태랑은 도덕적인 사람이었지만, 결코 줏대 없이 퍼주는 스타일은 아니었다.

포식의
군주 1

이번 조건부 합류 결정을 통해, 그는 더 큰 대의를 위해서라면 희생도 충분히 감내할 수도 있다는 것을 보여줬다. 태랑의 단호한 모습에 은숙은 다소 안심했다.

'음, 좋아. 멘탈은 다시 회복한 것 같군.'

이제 다섯으로 늘어난 일행은 앞으로의 싸움을 본격적으로 준비했다.

타가닥– 탁탁–

기계식키보드 특유의 딸각거리는 소리가 경쾌하게 퍼져나간다. 태랑이 컴퓨터 앞에 앉은 지 벌써 5시간 째.

그는 무아지경에 빠져 키보드를 두들기고 있었다.

'노트북을 당장 회수할 방법은 없어. 기억이 희미해지기 전에 최대한 기록을 남겨 둬야 돼. 망각이 시작되면 나조차도 스스로를 믿지 못하게 될 테니까.'

태랑이 지금 하는 작업은 잃어버린 설정집을 복원하는 일이었다.

물론 1권 분량이 넘어갔던 설정집을 고스란히 되살릴 순 없었다. 다만 기억이 조금이나마 남아있을 남겨두자는 생각이었다.

중요한 사냥터와 인물들이 어느 타이밍에 등장하는지는

머릿속에 담겨 있다는 게 천만 다행이었다.

그가 한참 타자를 치고 있는데 수현이 커피를 뽑아 들고 왔다.

"형, 여기 커피 좀 드세요."

"그래, 고마워."

태랑 일행은 수현이 숨어있던 PC방을 임시 거처로 삼았다. 몬스터들은 주로 고층빌딩이나 역세권에 출몰하는데, 다행히 현재 PC방은 그런 곳에서 떨어져 있었다.

오랜 작업 끝에 타이핑을 마무리한 태랑이 일행을 불러 모았다.

"63빌딩 공략을 위한 레벨링 코스를 짜봤어. 저랩부터 고랩까지. 가장 필요한 아티펙트부터 당장은 중요하지 않는 순으로."

태랑이 정리한 문서는 소설의 시놉시스와 유사했다.

어느 던전에 쳐들어가 무엇을 얻고, 어떤 사건이 벌어졌을 때 누구를 만나고 등, 모든 이벤트가 연대기처럼 시간 순으로 차곡차곡 정리되어 있었다.

"와, 대단해. 이게 다 네 머릿속에서 나온 거야?"

"물론 불확실한 부분도 많을 거야. 원본에 비하면 디테일이 떨어지지. 기억이 안 나는 부분은 과감하게 생략했어."

"그래도 어떻게 이걸 다 기억해 낼 수 있어? 진짜 테슬라의 환생이야?"

은숙이 프린트 된 종이를 빠르게 훑으며 슬쩍 농을 던졌다.

"녹차도 아닌데 적당히 우리지?"

"미안. 이제 안 할게."

"실은 내가 소설을 쓰려고 짜두었던 플롯을 기반으로 했어. 소설 속 주인공의 행보를 바탕으로 동선을 재구성 한 거지. 설정은 잃어버려도, 플롯은 머리에 담겨 있으니까."

태랑은 63빌딩까지의 공략기간을 1년 이내로 잡았다.

그 안에 노트북을 찾지 못한다면 이후는 어차피 기대할 게 없었다.

"흐따, 우짰든 이대로만 가믄 견적 나온다는 거 아녀? 참말로 수고 혔다잉."

"그럼 우리가 처음 갈 곳은 어딘데요?"

"서울대공원."

"과천 서울대공원? 그 동물원 커다란 거기?"

"맞아."

"아니 왜 하필이면 동물원이야? 던전으로 안가?"

"낙성대 역 처럼 만만한 던전은 서울 시내 통 들어도 몇 개 없어. 보스몬스터가 C급 수준인 거의 최하급 던전이지."

"정말요?"

"그럼 나머지는 어딨는데?"

"서울 전역에 걸쳐 있어. 공략이야 가능해도, 거기까지 가는 게 오히려 빡셀걸?"

"그래서 서울대공원?"

"우리가 관악산을 왼편에 끼고 남하 했잖아. 현 위치에서 가장 가까 우면서도 레벨링에 최적화 된 곳. 바로 서울대공원이야."

한모가 자신의 무기인 빠루를 헝겊으로 닦으며 말했다.

"근디 몬스터가 있긴 하냐 거기?"

"네?"

"동물원이잖어? 몬스터는 사람 잡아 먹는담서? 괴물 놈들이 뭐덜라고 거기 있는디? 식성이 바뀐겨?"

"네, 몬스터는 사람을 먹죠. 그리고 보충하자면 사람과 유사한 동물을 먹기도 해요. 유전적으로 99%이상 유사한 동물이 그곳에 있거든요."

"설마 침팬치?"

"빙고."

다음날 동물원에 도착한 태랑 일행은 대공원의 광활한 크기에 놀랐다.

"여기서부터 걷기는 또 처음이네… 원래 리프트 타고 올라가야 되는데…."

"전기가 차단되었으니 별수 없지. 이 근방엔 다 전기가 들어오는 줄 알았는데…."

"같은 구역이라도 조금씩 다른가 봐."

수현까지 합쳐 모두 다섯으로 늘어난 일행은 대공원 안

쪽으로 한참 걸어 들어갔다.

일행을 가운데 두고 앞뒤로 해골 두 마리가 따라 다녔다. 척후병 및 짐꾼 역할을 담당한 태랑의 소환수였다. 스킬레벨을 올리고 나서 좋아진 것 중 하나는 해골 2마리를 유지하는데 10%의 포스만 사용해도 된다는 점이었다.

소환수를 유지하는 동안은 시간이 지나도 포스가 완전 회복되지 않는다. 따라서 해골들을 상시로 운용하려면 그만큼 포스 부담이 컸다.

'다음 레벨까지 찍으면 한 마리당 유지비를 3이하로 떨굴 수 있어. 30%에 최대 12마리까지니까. 게다가 메이지 스켈레톤까지 소환된단 말이지? 은근 소환계열도 꿀이군.'

태랑이 그런 생각을 하면서 걷는데 곧 커다란 안내판이 등장했다. 대공원의 관람로를 그림으로 도식화한 가이드맵이었다.

"저곳이다."

태랑이 게시판에서 원숭이 그림을 가리켰다. '유인원관'이라고 표기된 위치는 대공원의 가장 안쪽에 자리하고 있었다.

"어디 보자. 그럼 3코스 돌고래 길로 쭉 가면 되겠는데?"

"우와! 이러니까 우리 막 소풍 온 거 같아요."

유화가 어린애처럼 들뜬 목소리로 말했다.

그녀는 공무원 시험을 준비한 뒤로 유원지 같은 곳을 한 번도 와보지 못했다. 애처럼 들떠있는 유화를 보며 한모가 피식했다.

"이럴 때 보믄 완전 애기고만, 애기."

"지금 동안이란 소리, 돌려 말하시는 거죠?"

"동안은 나제."

"전혀 인정할 수 없거든요?"

"오빠, 그건 좀 아닌 거 같아."

은숙 마저 편 들지 않자 한모는 섭섭한 마음이 들었다. 그는 애꿎은 수현을 잡고 늘어졌다.

"아야, 막내야."

"에. 옙!"

그렇잖아도 숫기 없는 수현은 한모의 이력을 알고부턴 바짝 쫄아 있었다. 보디빌더처럼 커다란 몸집이나, 팔에 드러난 문신이 수현을 더욱 움츠러들게 했다.

"느가 보기엔 나가 몇 살로 보이냐?"

"네? 한모 형님요?"

"그래. 저 가스나들은 여자니께 잘 모를 수도 있겠지만서도, 솔직히 나 정도믄 남자 중에선 꽤 동안 아니여?"

태랑은 한모의 실없는 소리에 속으로 피식 웃었다.

동안 소릴 듣고 싶어 한다는 말 자체가 나이 들었다는 증걸 텐데… 그러나 태랑은 굳이 그 말을 꺼낼 만큼 눈치가 없진 않았다.

"마, 맞습니다. 나이보다 확실히 어려보이세요."

"긍께 몇 살이냐고?"

수현이 식은땀을 흘렸다.

대답을 잘못했다간 크게 혼쭐이 날 분위기.

그렇다고 무턱대고 낮춰 부르면 그것대로 속 보인다.

'왜 하필 나한테 불똥이 튀어가지고… 마흔은 넘었겠지? 그렇다면 일단 앞자리부터 확 낮춰서….'

"서른…."

"서른 뭐?"

한모는 앞자리가 서른부터 시작 된 것이 썩 마음에 들지 않았지만 그래도 약간은 기대했다. 서른한 살까지만 나와도 어쨌든 나이보단 어리게 본 것이니까.

그러자 장난기가 발동한 유화가 한모 뒤편에서 손가락 다섯 개를 활짝 펴 입을 벙긋댔다.

─다섯!

'다, 다섯? 너무 깎는 거 아냐? 젠장 모르겠다. 유화 누 날 믿어 봐야지.'

"다섯…."

한모의 표정이 급격히 일그러졌다.

"…아니 이 새끼가 지금!"

"푸하하하!"

한모의 격한 반응에 사방에서 웃음이 터져 나왔다. 옆에 있던 해골들도 어깨가 들썩이는 것 같았다. 물론 착각이겠지만.

"아, 아니 전 그냥 유화 누나가….."

"유화가 뭐?"

한모가 휙 고개를 돌리자 유화는 모른 척 딴청을 피웠다. 한모가 다시 얼굴이 뻘게져 수현을 닦달했다.

"흐따, 막내 요거이 나가 그라고 안봤는디… 다섯이라고야? 니가 나를 이때까증 고로케 봤다는 거제? 글믄 딱 다섯 대만 맞자."

"죄, 죄송합니다. 제가 사람 나이를 잘 몰라보는 편이라….."

"그러게 왜 애한테 곤란한 질문을 해, 오빠는… 짖궂어."

"아, 아니 근데 전 진짜 유화 누나가….."

"야. 난 그냥 손가락 좀 풀어 본건데 왜 내 핑계를 대니?"

"일단 맞고 시작하장께?"

일행이 한참 웃고 떠들고 있는데 갑자기 앞에서 쿵- 하는 소리가 들렸다.

"뭐, 뭐야?"

육중한 사운드는 묵직한 진동을 동반했다.

수직으로 꺾인 모퉁이 반대편에 뭔가 거대한 존재가 있었다.

"…다들 포스 개방."

긴장한 목소리로 태랑이 명령했다. 이 정도 울림이면 상당한 덩치란 소리. 크기가 전부는 아니지만, 적어도 A급 몬스터 중에서는 이렇게 큰 놈은 없었다. 최소 B급 이상이다.

태랑의 지시에 그때까지 웃고 떠들던 일행들이 저마다 무기를 꺼내들고 아티펙트를 장착했다. 일행이 전투대형으로 흩어져 적을 기다리는데 회색의 물체가 모퉁이에서 튀어나왔다.

"저게 뭐야?"

"나, 날으는 뱀이다!"

"잠깐만. 저거 코 아냐?"

곧 회색 뱀과 연결된 머리가 등장했는데, 녀석은 커다란 귀를 날개처럼 펄럭이고 있었다.

"코끼리잖아?"

"호, 혹시 코끼리 닮은 괴물일 수도…"

다들 애매한 상황에 어찌할 바를 모르는데, 태랑이 가장 먼저 경계 자세를 풀었다.

"긴장 풀어. 코끼리 맞아. 내 기억에 저런 괴물은 없었어."

"그래?"

"에이, 괜히 쫄았네."

"근데 혹시 다들 들었어? 수현이가 코끼리 코보고 날으는 뱀이라고 하는 거?"

"무슨 장님 코끼리 만지기냐. 두 눈 똑바로 뜨라구."

"아, 아뇨 갑자기 당황해가지고…."

"너 은근 겁 많다? 남자애 맞니? 생긴 것도 곱상한 게 좀 수상한데?"

유화가 며칠 사이 수현과 친해졌는지 그를 놀렸다. 그녀의 핀잔에 수현이 부끄러워 고개를 푹 숙였다.

모퉁이에서 튀어나온 코끼리는 거대한 몸집을 이끌고 반대편으로 계속 걸어갔다. 유화가 코끼리의 거대한 엉덩이를 쳐다보며 말했다.

"코끼리를 이렇게 가까이서 본 건 처음이에요. 근데 어떻게 밖으로 나왔을까요?"

"혹시 사육사가 없는 틈을 타 도망쳤나?"

"그건 아닐 거예요. 제가 최근에 동아리 친구들이랑 이곳에 온 적 있는데, 아프리카관은 주위에 깊은 도랑이 파여 있어서 동물이 넘어 올 수 없도록 되어 있었어요."

"그럼 뭐지? 탈출한 게 아니면?"

의문은 곧 풀렸다.

코끼리가 지나간 길 끝에 기린이 긴 목을 뻗어 가로수를 뜯어 먹고 있었던 것이다. 주변을 둘러보니 다른 동물들도 곳곳에서 발견되었다. 얼룩말 무리가 분수대에서 목을 축였고, 단봉낙타는 화단을 짓밟고 다녔다. 사방 천지에 해방된 동물들로 가득했다.

"혹시 도망치던 사육사가 우리에 있는 동물들을 풀어주고 간 것은 아닐까요? 계속 갇혀 있으면 굶어 죽을 지도 모르니."

"일리가 있다. 그렇다면 여긴 동물원이 아니라 사파리잖아?"

"그게 뭐여? 사파리? 해파리 친척이여?"

"아뇨. 사파리요. 왜, 동물원하곤 반대로 사람이 차에 타서 야외에 돌아다니는 동물을 구경하는 거 있잖아요. 막 사바나 초원 같은데."

"아, 티비서 본 것도 같구만."

그때 수현이 떨리는 목소리로 말했다.

"아, 저 근데 혹시… 이건 제 생각이긴 한데…."

"말해봐."

"그 사육사, 설마 맹수까지 풀어 놓은 건 아니겠죠?"

에덴동산 같던 평화로운 분위기가 수현의 한마디에 동물의 왕국으로 급변했다.

"아따 요 잡것들이 겁 대가리 없이!"

한모가 달려드는 늑대를 빠루로 후려쳤다. 목덜미를 찍힌 늑대가 깨갱하며 물러선다.

수현의 우려가 현실로 다가온 것은 얼마 지나지 않아서였다.

사냥감을 발견한 늑대무리가 태랑 일행을 향해 덤벼든 것이었다.

"그 사육사 새끼 완전히 또라이 아냐? 어떻게 육식동물을 풀어놓을 생각을 한 거지?"

"일단 놈들부터 잡고 따져요."

늑대들은 특유의 몰이사냥 방식으로 일행을 압박했다. 사각을 조이고 퇴로를 차단하며 한곳으로 몰더니 동시에 달려들었다.

보통의 사람들이라면 진즉 날카로운 발톱에 할퀴고, 흉폭한 이빨에 뜯어 먹혔을 것이다.

그러나 각성을 마친 인간은 더 이상 나약한 존재가 아니었다.

"겁먹지 마. 고작 늑대일 뿐이야. A급 몬스터보다 못 해."

태랑이 소환한 해골궁수의 화살이 멀리 떨어진 늑대에게 적중했다. 뼈 화살에 배를 관통당한 늑대가 그 자리에서 혀를 내밀고 쓰러졌다.

각성된 힘은 몬스터를 상대할 때뿐만 아니라 현실세계에 직접 작용된다.

화염 마법은 실제로 불길을 일으키고, 빙결 마법은 물을 얼린다. 쉴드로 보호받는 신체는 맹수의 날카로운 발톱도

견뎌낼 수 있으며, 포스로 감싸인 주먹은 근력 이상의 타격을 선사했다.

삽시간에 늑대 스무 마리가 바닥을 나뒹굴었다. 아직까지 헐떡거리며 숨이 붙은 놈들을 향해 한모의 빠루가 사형선고를 내렸다.

퍽-퍽-

"개놈의 시키들. 어디서 사람한테 앵겨?"

한모는 옷에 피가 튀는 것에도 아랑곳 않고 늑대의 머리통을 짓이겼다. 잔인한 확인사살에 은숙과 유화가 고개를 돌렸다.

"형님, 그만 하세요."

"안 돼. 원체 영악한 놈들이라 죽은 척 할 수도 있응께 확실히 조져 브러야돼."

"아뇨, 제 말은 그 뜻이 아니고 포스를 아끼란 말입니다."

"응?"

태랑의 말에 저마다 스텟창을 확인했다. 늑대와 싸우느라 불필요한 포스와 쉴드가 소모되고 말았다.

'이건 예상치 못했던 변수다. 동물원에 맹수가 풀려 있을 거라곤 전혀 생각 못했어.'

소모된 포스와 쉴드를 채우는 데는 시간이 필요하다.

따라서 쿨타임이 없는 스킬이라도 함부로 남용하는 건 곤란했다.

포스가 떨어지면 몬스터를 공격할 방법이 없고, 쉴드가 모두 깎이면 그 즉시 괴수의 타격이 신체에 직접 가해진다.

몬스터와의 전투에 있어 중요한 것 중 하나가 포스와 쉴드의 자원관리. 그 부분에 차질이 생기자 태랑은 자신의 계산이 어긋난 것을 느꼈다. 그것은 좋지 않은 경험이었다.

"차크라도 안주는 놈들 땜에 뻘 힘만 썼네."

"늑대들을 상대로 맨몸으로 싸울 수도 없잖아."

"혹시 다른 육식동물도 풀려나 있으면 어쩌지?"

"다른 거 뭐?"

"많지. 호랑이, 사자, 곰이니. 하는 거… 여긴 동물원이니까."

"헉! 그냥 돌아가는 게 낫지 않을까?"

갈팡질팡하는 일행의 모습에 태랑이 미간을 찡그렸다. 조금만 더 가면 곧 유인원 관이 나온다. 목표지점까지 다와서 빈손으로 돌아가자니 미련이 남았다.

선택의 순간.

결정은 오로지 그의 몫이다.

모두의 눈이 태랑을 주목했다.

"강행하자. 이번 몬스터는 꼭 잡아 될 이유가 있어. 이 기회를 놓치면 언제가 될지 몰라. 나라고 어디서 어떤 몬스터가 나오는지 일일이 다 기억할 순 없으니까."

"대공원에 출몰한 몬스터가 대체 뭔데 그래?"

"스톤 골렘."

"스톤 골렘?"

다른 몬스터와 마찬가지로 '스톤 골렘' 역시 인간이 멋대로 이름 붙인 것이다.

통상 골렘(Golem)이란 무생물에 의지를 불어 넣어 만들어진 마법의 피조물을 뜻하지만, 태랑이 말한 스톤 골렘은 엄연한 생명체였다.

다만 석화된 피부와 뭉특한 생김새가 실제 골렘처럼 투박하여 언뜻 보면 사람 형상의 바윗덩어리가 걸어 다니는 것처럼 보였다.

"스톤 골렘은 B급 몬스터야. 그리고 높은 확률로 아이템을 드랍하지."

"잠깐, 아티펙트가 아니라 아이템이라 했어?"

"응. 아이템."

아이템은 아티펙트 같은 장비가 아니라 소모성 물품을 통칭하여 부르는 말이다.

"그럼 놈이 떨어뜨리는 아이템이 뭔데?"

"거석의 파편이라고 해. 이름 그대로 돌조각이지. 둥근 조약돌 같이 생겼는데, 손에 쥐고 바스러뜨리면 일시적으로 피부표면을 돌처럼 딱딱하게 만들어. 그렇게 되면 대부분의 공격마법을 무위로 돌릴 수 있지. 스톤스킨(Stone Skin)스킬을 사용하게 해주는 소모품이라고 생각하면 돼."

"아따 듣기만 해도 신기 하구마잉."

"또 파편은 다음번 레이드를 위해 꼭 필요한 물건이에요. 나중에 소환 골렘을 제조하기 위한 재료로도 사용할 수 있구요."

"재료?"

"응, 근데 지금은 설명할 시간이 없을 것 같네요."

어느새 일행은 유인원 관에 도달해 있었다.

유인원 관에는 고릴라, 오랑우탄, 침팬지 등 다양한 영장류들로 가득했다. 이들은 인간과 유전적으로 흡사했기 때문에 몬스터에게 먹잇감으로 인식되었다.

돌덩이 괴수, 스톤 골렘이 두꺼운 쇠창살을 좌우로 벌리더니 침팬지 육사 안으로 몸을 들이밀었다. 침팬지들이 본능적으로 공포를 느끼며 먹이로 들고 있던 바나나를 집어 던졌지만 아무 소용없었다.

무리를 지키기 위해 용기를 낸 대장 침팬지가 스톤 골렘을 향해 달려들었다. 침팬지의 완력은 인간을 두 손으로 찢어버릴 정도로 강하다. 그러나 포스가 담기지 않은 손짓은 무의미하게 허공을 가를 뿐이었다.

스톤 골렘은 앞에서 허우적대는 대장 침팬지의 목을

포식의
군주 1

붙잡고 그대로 공중으로 들어올렸다. 이어 두둑- 하는 소름끼치는 소리가 울렸다.

엄청난 악력. 스톤 골렘은 손아귀에 힘을 준 것만으로 경추를 골절시킨 것이었다. 대장 침팬지는 괄약근이 풀렸는지 똥오줌을 흘리며 축 늘어졌다.

그러나 스톤 골렘은 이에 멈추지 않았다.

마치 자신에게 저항한 대장 침팬지를 응징이라도 하듯, 이미 죽은 시체를 유린하기 시작했다.

몇 줄을 쥐어짜자 높아진 안압으로 대장 침팬지의 두 눈이 밖으로 튀어나왔다. 시신경에 연결된 눈알이 장난감처럼 대롱거릴 때, 압력을 견디지 못한 머리통이 팍- 하고 터졌다.

압력 밥솥이 폭발하는 것처럼 머리뚜껑이 떨어져 날아갔다. 뇌수가 바닥으로 질질 흘러내렸다.

대장 침팬지가 잔인하게 살해당하는 것을 본 다른 침팬지들이 꺅꺅 거리며 괴성을 질러댔다. 공포는 전염병처럼 확산되었고, 패닉에 빠진 침팬지들이 난동을 부렸다.

그러나 상대는 감정이라곤 없는 돌덩이 몬스터.

침팬지 한 마리를 우걱우걱 씹어 먹은 스톤 골렘은 남은 침팬지들을 향해 다가갔다.

"매직 미사일!"

때마침 나타난 은숙이 스톤 골렘의 뒤를 노리고 매직 미사일을 발사했다.

쾅-!

마법에 직격당한 골렘의 등판에 육각형의 음각이 움푹 패였다. 기습 받은 스톤 골렘이 휙- 하고 돌아섰다.

매직 미사일은 C급 괴수 버터플라이맨마저 한방에 날려버린 마법. 하지만 마법저항력이 뛰어난 스톤골렘은 한 걸음도 물러서지 않았다. 번뜩이는 눈빛을 보니 오히려 화만 돋운 느낌이었다.

"으. 완전 괴물인데? 저거 B급 몬스터 맞아?"

"응. 그래서 별다른 스킬도, 특성도 없어. 대신 단단하기론 D급과 맞먹지. 석화된 피부가 마치 돌덩이 같거든. 물리적 공격은 말할 것도 없고 3레벨 이하의 화염, 전격 마법엔 모두 면역이야."

"그 정도면 등급 상향해야 하는 거 아니니?"

은숙은 자신을 노려보는 골렘을 보고 기겁해서 소리쳤다. 바윗덩어리 양편에 켜진 현광색 불빛은 흡사 로봇을 연상시켰다. 감정이 없는 사이보그.

"아니, 그만큼 약점도 많지."

태랑이 좌우에 소환된 해골궁수를 시켜 화살을 날렸다. 뼈의 화살은 골렘의 돌 갑옷을 뚫지 못하고 튕겨 나왔으나 다리 쪽을 노린 공격으로 골렘의 움직임이 조금 느려졌다.

"보는 것처럼 관절부 쪽 이음새가 시원찮아. 무릎 맞추니까 삐그덕 거리지?"

"글쿠마잉."

한모가 뼈의 장벽을 장착하며 만족스럽게 웃었다.

스톤 골렘의 전신은 석화된 외골격으로 뒤덮여 있지만, 움직임을 위한 관절부위는 무방비로 노출되었다. 그곳이 바로 스톤 골렘의 약점이었다.

"요 돌대가리 새끼, 나랑 한번 놀아보자."

한모가 빠루를 이용해 팔꿈치, 고관절, 무릎 뒤를 집요하게 노리며 공격했다. 원체 동작이 느린 골렘은 한모의 매서운 휘두르기에 쉽게 급소를 내주었다.

"B급이 확실하네. 느려 터졌어."

한모의 공격으로 다리 한쪽이 떨어져 나가자, 일행들이 일제히 달려들었다. 잔매엔 장사 없다. 무차별적인 린치에 단단한 골렘의 외피에도 점차 균열이 가기 시작했다. 무시무시한 방어력을 자랑하던 스톤 골렘이 끝내 허물어졌다.

골렘이 산화하자 푸른색의 차크라가 나와 모두에게 흡수되었다.

"오, 쉴드 차크라?"

"방어력이 높은 골렘은 주로 푸른색 차크라를 준다고 알려져 있어."

골렘이 사라진 자리 위로 하얀색의 돌이 떨어졌다.

"나왔다. 이게 거석의 파편이야."

"그 아이템이라는?"

"맞아."

은숙이 감식의 눈으로 재빨리 확인했다.

[거석의 파편] 2등급 아이템

-신기한 힘을 가진 돌조각.

+소모 시 사용자의 신체에 '스톤 스킨(1Lv)' 스킬을 시전 함.

+소켓이 뚫린 무기에 장착 시 5%의 확률로 둔화효과를 일으킴.

+소켓이 뚫린 방어구에 장착 시 쉴드량을 5% 증가시킴.

+골렘을 제작하는 주요 재료.

"다른 건 대충 알겠는데 소켓이 뚫려있는 무기랑 방어구는 무슨 뜻이야?"

"가끔 아티펙트 중에서 쥬얼(Jewel)을 박을 수 있는 게 있거든."

"보석?"

"응, 보석처럼 생긴 돌이나 방금 본 거석의 파편 같은 종류를 '쥬얼'이라 그래. 그걸 아티펙트의 홈에다 끼워 넣으면 특수한 효과를 발휘하지."

"쉽게 말해 기존에 있는 무기나 방어구를 강화시킬 수 있다는 거구만?"

"맞아요. 물론 소켓이 달린 아티펙트는 4등급 이상부터 나오지만요."

"하여튼 그라면 그 파편이라는 거 많이 모을수록 쓸데가 많겠네?"

"그게 제가 여길 들른 이유죠."

태랑 일행은 계속 유인원 관을 돌며 스톤 골렘을 찾았다. 놈들은 독자적으로 움직이는 편이라 각개격파를 통해 효율적인 전투를 벌일 수 있었다.

어느덧 거석의 파편이 6개가 모였다.

스톤 골렘 13마리를 해치우고 얻은 결과였다.

"오늘 쉴드 팍팍 오르는 구나."

"수현이도 레벨링 좀 되었겠는데?"

"네, 네… 덕분에요. 감사합니다."

"하여튼 넌 스킬차크라 구해야 되니까 위험해도 무조건 전투 참여해. 알았지?"

"네."

"다들 포스 잔여량 확인해봐."

태랑의 말에 은숙이 스텟창을 띄웠다.

[성명 : 박은숙, 우(27)]

포스 : 17.14 (32%)

쉴드 : 20.12(90%)

스킬 : (1/27Point)

'베리어' (1Lv)

+쉴드의 100%에 이르는 구체형 보호막을 생성함.

+다음 스킬레벨에 도달하면 쉴드의 150%로 방어량 증가.

+다음 스킬레벨에 도달하면 베리어의 소멸시 폭발하여 반경 3M에 강한 스플레쉬 데미지를 입힘.

'매직 미사일' (1Lv)

+물리 데미지를 주는 육각기둥을 직선으로 쏘아 공격력의 200%를 입힘.

+다음 스킬레벨에 도달하면 포스의 소모량이 8%로 감소.

+다음 스킬레벨에 도달하면 매직미사일에 유도기능이 생김.

특성 : 회복전문가

-회복 계열 스킬에 2배의 계수가 붙는다.

"어쩌지? 매직 미사일을 너무 남발했나봐. 30% 정도 밖에 안 남았어."

"나도 20프로쯤?"

"유화는 어때?"

"저는 45%요, 오빠."

"난 아직 절반은 여유가 있어. 슬슬 복귀해야 할 타이밍 같아."

"두 사람은 더 사냥할 수 있지 않아?"

"아지트로 복귀하는 길에 몬스터를 만날 수도 있으니까. 항상 예비전력을 남겨놔야지."

"네네, 어련 하시겠어요 대장."

은숙이 살짝 비꼬았다. 말은 그렇게 하면서도 정작 그녀가 태랑의 말을 거역하는 일은 거의 없었다. 확실히 어딘가 꼬여 있다고, 태랑은 생각했다.

태랑 일행이 유인원 관을 빠져 나오려고 하는데 갑자기 풀숲에서 호랑이 포효소리가 울려 퍼졌다. 강력한 저주파 음에 모골이 송연해졌다.

"설마…."

"호랑이다!"

거대한 백호 한마리가 느닷없이 수풀에서 뛰쳐나왔다. 고양이과 동물 특유의 민첩함은 덩치를 무색하게 할 정도로 빨랐다.

"이런 니미럴!"

한모가 서둘러 뼈의 장벽을 받쳐 들고 앞을 막았다. 방패에 걸린 가시데미지 효과로 호랑이의 타격을 무력화 시키려는 시도였다.

그러나 눈치가 빠른 놈이었을까?

호랑이는 한모를 무시하고 번쩍 뛰어 올랐다. 놀라운 점
프력으로 한모를 뛰어넘은 호랑이가 빠른 속도로 치달렸다.

"매직 미사일!"

당황한 은숙이 한모를 호랑이에게 마법을 날렸다. 털이
하얀 호랑이는 정면에서 날아오는 육각기둥을 고개만 살짝
틀어 피해냈다.

이제 호랑이와의 거리는 고작 5M!

놈의 목표는 유화로 보였다.

"물러서!"

태랑이 그녀 앞을 가로 막으며 해골병사로 인의 장벽을
쳤다. 그러나 호랑이의 앞발차기에 해골병사들이 우수수
부서져 내렸다. 사람 머리통도 한방에 날린다는 펀치력은
과장이 아니었다.

남은 거리 3M!

방패를 들고 망연자실해 하는 한모와, 경악에 찬 은숙의
표정이 시시각각 들어왔다.

한모는 너무 멀었고, 은숙은 베리어를 시전 할 포스가 부
족했다. 소환된 해골들도 무용지물인 상황.

유화를 가로막고선 태랑을, 호랑이가 깨물었다.

그 순간 태랑이 왼손에 쥐고 있던 거석의 파편을 깨뜨렸
다.

파밧-

빛이 번쩍이며 태랑의 몸에 스톤 스킨 마법이 덧씌워졌다.

태랑의 팔을 깨문 호랑이는 돌덩이를 씹은 것처럼 이빨이 와장창 깨져나갔다.

강력한 석화마법이 태랑의 몸을 순간적으로 돌처럼 딱딱하게 만든 것이다.

"이 호랑말코 놈이, 감히 오빠를 물어!"

태랑 뒤에 있던 유화가 이빨이 깨져 입을 제대로 다물지도 못하고 있는 백호를 향해 주먹을 날렸다. 건틀릿으로 두 배로 강력해진 펀치가 지상계 최강의 포식자를 덮쳤다.

호랑이의 머리가 왼쪽으로 한번, 오른쪽으로 한번 크게 휘청거렸다. 200Kg 육박하는 무게를 자랑하는 호랑이지만, 포스가 실린 유화의 펀치는 가히 살인적이었다.

한방에 골이 흔들리고 두 방에 뼈가 아작 났다.

"죽어!"

연이어 그녀의 필살기 주먹연타가 터져 나왔다.

머리뼈가 함몰되도록 두들겨 맞은 호랑이가 혀를 쭉 내밀고 사지를 뻗었다. 즉사였다.

'무서운 여자다…!'

"괜찮아요? 오빠? 안 다쳤어요?"

태랑은 맨주먹으로 호랑이를 때려잡은 유화를 보고 떨떠름한 표정으로 대답했다.

"으,응. 물리는 순간 석갑 마법을 썼어. 이놈 이빨 다 깨졌을 걸?"

태랑은 곤죽이 되어 죽은 호랑이를 측은하게 쳐다보았다.

'털이 하얀걸 보니 알비노 호랑인가 보구나… 비싸게도 들여왔을 텐데 결국 사람한테 맞아 죽을 운명이라니. 이 놈도 어찌보면 불쌍하네.'

뒤늦게 뛰어온 한모가 뒤통수를 긁적였다.

"아따 요 호랑이새끼가 영물은 영물이고만. 내 방패 딱 보드만 눈치 까고 위로 휙 뛰어 넘는 거 있제?"

"나도 미안해. 너무 빨리 달려들어서 나도 모르게 매직 미사일부터 날려버렸어. 차라리 쉴드를 걸었어야 했는데… 정말 괜찮은 거지?"

"응, 석갑 마법이 적절한 타이밍에 들어갔어. 파편이 좀 아깝긴 해도, 아직 5개가 남아있으니까."

"와, 근데 유화 너 진짜 살벌하더라. 호랑이를 복날에 개 패 듯 패던데? 그렇게 화났었니?"

은숙의 은근한 놀림에 유화가 민망해 했다. 놈이 하필 태랑을 무는 바람에 필요 이상으로 포스를 사용하고 말았다.

"보기보다 터프하세요, 누나."

"아, 아냐. 너무 놀라가지고… 막 집 채만한 녀석이 달려드니까…"

"그나저나 이제부터 진짜 몸 사려야겠다. 방금 전 유화마저 스킬을 쓰는 바람에 전체적으로 포스가 너무 떨어졌어. 그렇다고 위험할 때마다 파편을 소모할 수도 없으니…."

"태, 태랑!"

"응?"

"설마… 저것도 스톤 골렘이야? 어째 좀 크기가…."

유인원 관의 출구에서 거대한 괴수가 걸어오고 있었다.

몸집은 기존의 스톤 골렘보다 두 배는 커 보였으며 몸 전체가 진흙을 바른 것처럼 진한 황토색을 띠고 있었다. 점액질의 진흙이 양초처럼 끊임없이 피부에서 녹아내리며 지나간 자리를 진창으로 만들었다.

"젠장, 클레이 골렘이다!"

"왠지 기분 나쁘게 생겼는데? 저놈도 혹시 B급?"

"아니. C급이야. 하필 이 타이밍이라니…."

한모가 호기 좋게 나섰다.

"C급이고 씨발이고 간에 어쨌든 한 놈 뿐이고만. 확 조사 블자!"

태랑이 말릴 세도 없이 한모가 방패를 앞세워 공격을 시작했다. 그의 빠루가 클레이 골렘의 팔꿈치를 매섭게 노리고 들어갔다. 스톤 골렘의 약점이던 관절부위였다.

"놈은 스톤 골렘하고 달라요!"

"뭐라고?"

한모의 공격은 분명 완벽히 들어갔다. 그 결과 진흙덩어리 괴물의 팔이 한방에 떨어져 나갔다. 그러나 잘려나간 팔은 곧 흐물거리는 점액질로 변하더니 스르륵 발바닥 쪽으로 흡수되었다.

"뭐시다냐 이게?"

이어 클레이 골렘이 반격이 시작되었다. 한모가 잘린 팔이 다시 흡수되는 모습에 당황하는 사이, 반대쪽에서 클레이 골렘의 주먹이 날아들었다. 거대한 크기가 마치 범종을 치는 당목(撞木)처럼 느껴졌다.

꽝-!

한모는 방패를 들어 막았으나 밀려드는 힘이 너무 강해 그대로 튕겨나가고 말았다.

"한모씨!"

한모의 방패를 때린 클레이 골렘의 주먹 역시 온전치 못했다. 뼈의 장벽의 특수효과인 가시데미지가 고스란히 돌아가며 주먹이 박살났다. 그러나 젤리나 다름없는 신체는 곧바로 원형을 회복해 버렸다.

"난 괜찮다잉. 으따, 겁나게 힘 좋아브네."

꼴사납게 튕겨나간 한모는 몸을 일으켜 세우며 민망한지 어깨를 크게 돌렸다. 쉴드가 제법 깎여 나가 몸 전체를 은은하게 감돌던 노란색 기운이 조금 사그라 들었다.

"놈은 충격을 흡수할 수 있어요! 떨어져 나간 부위도 다시 살려내고."

"담부턴 빨리 좀 말해라잉."

"세상에! 그럼 죽일 방법은 있긴 한 거야?"

태랑이 해골병사를 모두 일으켜 세워 클레이 골렘에게 향하게 했다.

"어떻게든 해볼게."

그러나 태랑의 소환수 공격도 효과가 없었다.

해골궁수의 뼈 화살을 맞은 부위가 구멍이 났으나, 이내 흘러내리는 진흙이 패인 곳을 매워버렸다. 해골전사들 또한 바닥에 넓게 퍼진 진창의 감속 디버프를 받아 평소보다 움직임이 느려진 상태로 싸워야 했다. 놈의 고유스킬 '진흙 늪'의 효과였다.

'안 되겠다. 디버프 때문에 제대로 싸울 수가 없어. 특성을 개방해야겠다.'

태랑이 리치킹의 분노를 시전하자 순간적으로 해골병사의 공격속도가 두 배로 상승했다. 더불어 늘어난 체력은 놈의 공격을 오래 버틸 수 있게 해주었다. 해골병사들이 힘을 내 시간을 버는 동안 태랑이 머리를 빠르게 굴렸다.

'이 상태로는 겨우 버티기만 할 뿐이야. 놈도 무적은 아니니 분명 약점이 있을 텐데… 그게 뭐였더라?'

골렘의 종류는 무척 다양하다.

파훼법 또한 제각각이다.

스톤 골렘의 경우 관절부가 약점인 걸 바로 떠올렸지만, 클레이 골렘의 경우는 기억이 날 듯 말 듯 했다.

설정집이 없는 상태로 모든 몬스터의 특성과 기술, 약점을 온전히 기억해 낸다는 것은 태랑에게도 힘든 일이었다.

태랑이 필사적으로 기억을 떠올리는 동안 유화와 한모 역시 공격에 가세했다.

그러나 몇 명이 덤벼도 마찬가지. 클레이 골렘은 어떤 공격도 무위로 돌리는 스펀지 같은 내구력이 있었다. 아무리 상처 입히고 토막 내어도 그 뿐.

놈이 가진 재생의 권능과 무지막지한 파워는 여러 근접 전사들을 상대로도 전혀 밀리지 않았다.

"제 펀치가 전혀 먹히지 않는데요!"

"아무리 잘라내도 소용없어!"

쾅-!

해골병사 한 마리가 끝내 부서졌다. C급 몬스터 클레이 골렘의 주먹을 견뎌내기엔, 리치킹의 분노로도 역부족 이었다.

한모와 유화도 가까스로 버티곤 있지만, 진창이 발이 묶이면서 제 실력을 발휘하지 못했다. 시간이 지날수록 점점 전투는 불리하게 흘러갔다.

"생각났다! 머리! 머리를 노려야 해!"

태랑이 망각의 숲을 헤집어 어렵사리 기억을 끄집어냈다.

클레이 골렘은 신체 모든 부위를 재생시킬 수 있지만 딱 한군데, 머리의 핵을 파괴하면 재생이 멈추게 된다.

"일찍도 말해주네! 오케이, 접수했다!"

한모가 곧바로 머리 쪽으로 빠루를 휘둘렀다. 그러자 놈이 팔을 들어 올려 머리를 방어했다. 방치에 가까운 다른 부위와 달리, 머리로 향한 공격만큼은 반사적으로 대응하는 클레이 골렘이었다.

"요새끼! 가드 안 내려?"

태랑도 해골병사들을 시켜 놈이 머리를 집중 공격했다. 뼈로 만들어진 해골병사의 칼날이 막아선 골렘의 팔을 난도질 했다. 버티는 팔이 금방이라도 떨어져 나가기 직전이었다.

'됐다! 잡았어!'

태랑이 안도하고 있을 때, 바닥에 깔린 진창에서 주먹이 솟아올랐다. 놈의 두 번째 스킬, '머드 피스트(Mud Fist)' 공격이었다.

땅 밑에서 솟아오른 거대한 주먹이 망치처럼 휘둘러졌다.

쾅-!

원거리에서 뼈 화살을 날려대던 해골 궁수 두 마리가 머드 피스트에 맞아 산산 조각 났다.

"오메! 이것이 뭐시다냐?"

"발밑을 조심해요!"

클레이 골렘의 스킬인 '진흙 늪'은 시간이 지날수록 농도가 짙어진다. 그리고 일정 수준의 점도를 넘어서는 순간, 신체의 일부처럼 조작이 가능해졌다. 강력한 머드 피스트 공격이 뒤늦게 터진 이유였다.

바닥에서 솟구치는 공격에 유화가 가까스로 몸을 굴려 피했다.

"젠장! 겨우 약점 파악했는데! 은숙, 매직미사일 공격 가능해?"

"한번 정도는! 근데 놈의 디펜스가 너무 철저해. 이대로 쏴봐야 막히고 말거야!"

은숙이 타겟팅을 한 상태로 기회를 엿보았지만, 클레이 골렘은 한 팔을 들어 여전히 머리를 가리고 있었다. 공격이 집중되는 것을 느끼고 본격적인 방어모드에 돌입한 것이었다.

동시에 놈은 수족과 같은 머드 피스트를 이용해 태랑의 해골병사들을 차근히 제압해 나갔다. 6마리의 소환 해골 중 이제 남은 것은 고작 두 마리.

유화는 진흙 범벅이 되어 진창을 구르기 바빴고, 한모역시 방패를 들어 막는데 급급했다. 축구로 비유하면 전원수비에 돌입한 상황. 스트라이커의 투입이 절실했다.

"빨리 시선을 돌려야 하는데…."

태랑이 위험을 각오하고 직접 뛰어들려던 순간, 한걸음
물러서 있던 수현이 마침내 용기를 냈다. 모두 필사적으로
싸우는 모습을 보고 자신도 뭔가를 해야겠다는 생각이 든
것이다.

"제가 해 볼게요!"

수현은 나무창을 옆에 비껴 차고 장대높이뛰기 선수 같
은 포즈로 달려나갔다. 무모하다 싶은 공격방법이었지만
여럿을 동시에 상대하느라 정신이 팔려있던 클레이 골렘은
수현의 날카로운 창끝을 피하지 못하고 그대로 복부를 내
주었다.

푹-!

나무창이 등짝을 뚫고 나왔지만 클레이 골렘은 미동조차
없었다. 곧 가혹한 응징이 이어졌다. 놈의 커다란 두 손이
모아 수현을 향해 내리찍었다.

"지금이야!"

"매직미사일!"

가드가 풀리는 순간을 노려 은숙의 매직 미사일이 머리
를 향해 쏘아졌다

펑-!

둔탁한 소리와 함께 매직 미사일에 직격당한 클레이 골
렘의 머리가 날아갔다. 흙으로 빚은 인형에 머리만 미완성
으로 남겨 놓은 것 같았다.

골렘의 몸체는 점성이 약해지며 주르륵 흘러내렸다. 수현을 향해 내리치던 주먹 역시 힘을 잃고 흩어졌다.

"해치웠다!"

이어 녹색의 차크라가 일행에게 골고루 흡수되었다.

"아싸, 스킬 차크라!"

"진짜 오랜만인데!~"

클레이 골렘이 녹아내린 자리로 갈색의 돌 하나와 조그만 반지가 떨어졌다.

"클레이 골렘의 정수다."

"이것도 아이템?"

"응. 재생의 힘이 들어있는 쥬얼이야. 방어구에 주로 쓰이지."

"반지는 뭐지?"

태랑이 반지를 감식했다.

[소환의 가락지] 3등급 아티펙트

-평범한 갈색의 반지.

+3티어 이하의 소환 가능한 개체수를 +1 늘려줌.

+대지 계열의 마법저항력 19% 상승.

"소환수 전용 아티펙트야. 이건 내가 챙길게."

"와, 오늘 완전 득템 하는 날이네?"

"스킬 포인트는 10밖에 안 올라서 스킬은 못 찍겠다."

"수현이는 스킬 올릴 수 있는 거 아냐? 아직 노스킬이잖아."

그렇지 않아도 수현은 왼쪽 귀를 만지며 스텟을 확인하는 중이었다. 그에겐 이번 스킬 획득이 잔류를 결정하는 문제였기 때문에 무척이나 긴장한 표정이었다.

"뭐 받았어, 스킬?"

수현은 두근대는 심정으로 스킬창의 설명을 읽었다.

스킬 : '벼락 창' (1Lv) (4/9Point)

+뇌전의 데미지를 주는 번개 모양의 창을 던져 공격력의 150% 피해를 입힘.

+다음 스킬레벨에 도달하면 공격력 200% 효과.

+다음 스킬레벨에 도달하면 감전 충격을 받은 대상이 1초간 스턴에 빠짐.

"떴어요! 뇌전 계열 스킬이에요!"

"와! 이수현! 축하해! 스킬 제대로 받았네?"

유화가 수현을 축하했다.

"고마워요 누나."

"아까 본께 용기가 가상하드라. 잘했다잉."

한모역시 수현을 칭찬했다. 은숙의 매직 미사일이 통할 수 있었던 것도 그가 보잘 것 없는 나무 창을 들고 과감히 돌진했기 때문이었다. 조금만 타이밍이 어긋났더라도 클레이 골렘의 주먹에 맞아 죽을 수도 있었다.

태랑도 수현의 어깨를 토닥였다.

"이수현."

"네, 넵"

"합류를 축하한다. 넌 이제 정식 맴버야."

"정말 감사합니다!"

"그나저나 저 두 사람 완전 머드팩 한 것 같은데?"

은숙이 유화와 한모를 보고 말했다. 진창에서 싸우며 구른 둘은 온통 진흙 범벅이 되어 있었다.

"으, 샤워부터 해야겠어요."

"샤워를 어디서해?"

"찾아봐야죠. 이대로는 정말…."

"나도 찝찝해 죽겠다잉. 언능 집으로 가자."

태랑 일행은 대공원 레이드를 마치고 아지트로 무사히 복귀했다. 예상치 못한 변수로 고생하긴 했지만 상당한 소득을 거둔 전투였다.

거석의 파편 5개에 진흙의 정수 1개, 쉴드 및 스킬 포인트까지 얻었다. 게다가 마지막에 클레이 골렘을 잡고 나온 '소환의 가락지'는 잘만 사용하면 엄청나게 좋은 아티펙트였다.

해골병사 하나 더 소환하는 것은 큰 도움 안 될지 몰라도 나중에 골렘같은 것을 소환 할 때 개체수 하나를 더 늘려주는 것은 전투력 향상에 엄청난 도움을 줄 수 있기 때문이다.

　그러나 뭐니뭐니해도 이번 레이드의 가장 큰 수확은 바로 수현이었다.

　뇌전 계열의 특성을 지닌 그는 한방에 벼락 창 기술을 습득함으로써 뇌전마법사로 재탄생했다.

　강력한 마법사의 합류는 앞으로 전력에 큰 보탬이 될 것이다. 조금씩 아귀가 맞아가는 느낌에 태랑은 무척 기뻤다.

　본거지로 복귀한 일행은 찝찝함에 씻을 곳부터 찾았다.

　PC방 인근을 뒤지니 근처에 사우나 간판이 보였다. 다행히도 아직까지 전기가 들어오는 곳이었다. 따뜻한 물도 콸콸 나왔다.

　"기왕 이렇게 된 거 다 같이 목욕이나 할까?"

　"꺄아. 혼탕은 절대 안 돼요!"

　"유화 너 무슨 소리야? 남탕 여탕 따로 있는데."

　"아…."

　유화가 민망함에 고개를 푹 숙였다.

"그나저나 목욕하는 사이에 몬스터가 공격해오면 어쩌지? 이 근방에 별로 안 보이는 것 같긴 한데 혹시라도…"

"그럼 제가 망볼까요?"

수현이 나섰다.

"뭘 또 그래. 너도 찝찝할 거 아냐. 그냥 스켈레톤 입구에 세워 둘게. 혹시라도 공격을 받게 되면 바로 낌새를 챌수 있어. 그때 대처해도 늦진 않을 거야. 정 뭐하면 팬티바람으로라도 싸워야지."

"아이참, 태랑 오빠도…"

"그거 좋은 생각이네. 그럼 삼십분 뒤에 다시 보는 걸로?"

"안 돼. 욕조에 물도 안 받아 있잖아. 난 최소 두 시간이야."

"그건 너무 오래 걸리는데…"

"전 샤워만 할게요."

"끝나면 끝나는 대로 밖에서 기다리는 걸로 해. 뭘 굳이 다같이 시간 맞추니."

태랑은 목욕탕 입구 부근에 스켈레톤을 소환했다. 검은 동공을 발하는 해골전사 두 마리가 뼈로 된 칼을 들고 나타났다.

"망 잘보고 있어. 알았지?"

태랑의 말에 해골병사가 고개를 끄덕였다.

수현이 깜짝 놀랐다.

"형, 쟤네들 사람 말도 알아들어요?"

"아니 그냥 내가 시킨 건데? 이렇게."

이번엔 스켈레톤이 턱을 쩍 벌리더니 자기 손으로 빠진 턱을 끼워 넣는 시늉을 했다.

"아하. 자유자재로 조정하시는 군요."

"스킬 레벨이 올라가면서 갑옷이랑 무기는 자동으로 업 그레이드 되더라. 근데 말귀는 끝내 못 알아 들을 거야."

"네."

은숙이 여탕으로 들어가면서 한마디 했다.

"혹시나 해서 하는 말이지만, 훔쳐볼 생각은 추호도마. 알겠어?"

"볼 생각도 없거든?"

"나 말고 쟤 말야."

은숙이 턱짓으로 유화를 가리켰다.

"어머 언니는!"

"흐흐, 설마 태랑이가 설마 그랬냐? 나가 딱 보초 서고 있을라니까 걱정 붙들어 매랑께?"

"오빠를 제일 못 믿겠어!"

일행은 곧 각각의 탕으로 갈라졌다.

아직은 몬스터 인베이젼으로부터 10여일 정도 밖에 지나지 않았기 때문에 건물 상태가 비교적 양호한 편이었다.

갑작스런 사정으로 10일정도 영업을 정지했다 하여 큰 문제가 일어나지 않는 것과 같다. 다만 그것이 한 달이 되고 반년이 지나고 1년이 흐르면 모든 게 폐허처럼 변하고 말 것이다. 사람이 살지 않는 건물이란 빨리 늙어 버리기 십상이니까.

탈의실에서 한모가 진흙이 잔뜩 묻은 상의를 벗었다.

등판에서부터 이두박근까지 내려오는 용과 호랑이가 위용을 드러냈다. 태랑은 그토록 커다란 문신은 태어나서 처음이었다.

"와…!"

"놀랐냐?"

"의미가 있는 그림인가요?"

"용쟁호투."

"용과 호랑이 싸움이요? 혹시 조직의 상징이라든지…."

"뭔 소리여? 그냥 있어 보이는 걸로 때려 박은거제. 우리 같이 생활하는 사람들은 가오없이 댕기믄 피곤하거든. 왜, 그런 말도 있잖여. 싸우지 않고도 이기는 게 가장 현명하다고. 요래 큰 거 한 판 딱 그리고 댕기믄, 엥간해서 덤빌 생각도 안하드라고."

"하긴 그렇겠네요. 어, 수현이 너 뭐해?"

"네? 아니 좀 민망해서…."

다들 훌훌 벗고 탕으로 들어가는데 수현이 수건을 치마

처럼 둘러 하반신을 가리고 있었다.

"거참, 남자끼리 민망할 것도 많네."

탕에 따뜻한 물이 채워지자 다들 뜨거운 물에 몸을 담궜다.

제대로 씻는 것은 너무 오랜만이었기 때문에 금세 몸이 나른해졌다. 뜨거운 김이 모락모락 올라오자 왠지 온천에 온 것 같기도 했다. 이른 아침 손님 없는 목욕탕에 가장 먼저 도착했을 때의 기분이랄까?

"어이 태랑이."

"네."

탕 속에서 반신욕 자세로 앉은 한모가 태랑에게 물었다.

"니 가족들은 안보고 잡냐?"

"보고야 싶죠. 근데 사정이 이러니… 형님은요?"

"나? 난 혼자여. 아부진 일찍 죽고, 애미라는 년은 5살 때 할머니한테 나 맡겨놓고 도망쳐 브렀거든."

"아…."

"고생 진짜 많이 하셨제, 우리 할무이. 시장에서 생선쪼가리 팔아서 날 길렀응께."

한모가 회상에 젖는지 눈가가 촉촉해졌다.

한모의 어린 시절은 불우했다.

지독하게 가난했고 부모가 없다고 친구들에게 따돌림을 당했다. 지극정성으로 그를 길러주시던 할머니마저 병환으로 떠나게 되자, 그를 지탱해줄 사람은 어디에도 없었다.

그때부터 그는 엇나가기 시작했다.

유난히 커다란 덩치에 타고난 용력으로 이미 고1때 학교를 접수한 그였다. 그가 믿을 건 오로지 힘밖에 없었고, 세상에 대한 복수심과 증오로 똘똘 뭉쳐 있었다.

더 큰물에서 놀고 싶은 마음에 무작정 상경했다.

젊은 날 목숨 걸고 충성한 까닭에 그는 이제 알아주는 건달이 되었고 조직에서의 입지도 탄탄히 다졌다.

나이가 들어가면서 가끔 지난날을 후회하기도 했다.

불우했던 가정사를 탓하기엔, 그러한 환경에서도 훌륭하게 자라난 사람들을 보면서 자책도 많이 했다.

그러나 이미 너무 멀리 와버렸다.

자신의 이름 앞에는 항상 수식어처럼 '뺀찌'라는 악명이 따라붙었다. 약자를 괴롭히거나 민간인을 건드린 적은 한 번도 없었음에도 사람들은 자신을 두려워했다.

어느 날 갑자기 칼에 맞아 죽어도 납득이 갈 것 같은 그런 인생. 한모는 내색하지 않았지만 새벽에 홀로 있을 때마다 악몽을 꾸곤 했다.

그러나 은숙을 만나고부터 달라졌다.

은숙은 자신처럼 불행한 사람이었다. 두 사람은 서로를 의지했고, 마침내 꿈을 꾸기 시작했다. 언젠간 큰 돈을 벌면 둘이 멀리 외국으로 도망치기로 했다.

자신들의 과거를 묻고, 새로운 출발을 할 수 있는 곳으로.

"근디 확 세상이 뒤집어 져브렀당께?"

"…그렇군요."

한모와 은숙의 사연을 들은 태랑은 그들을 좀 더 이해할 수 있었다.

솔직히 말하면 태랑은 처음 두 사람이 무척 불편했다. 한모는 조폭이었고, 은숙은 심지어….

그러나 딱히 사람을 가려 사귈 수도 없는 형편이다.

세상이 멸망하는 와중에 대체 과거가 무슨 의미가 있단 말인가?

견고한 기득권 체계가 무너지고, 새로운 세상이 도래했다.

자본가와 권력자들은 역사 속으로 사라지고, 남다른 특성과 뛰어난 스킬을 가진 각성자들이 급부상하는 시대였다.

그러고 보면 지금 모인 맴버들은 기존의 세상에선 하나같이 모자란 사람들이었다.

전직 조폭, 창녀, 만년 공시생, 심지어 비인기 장르작가까지.

그나마 대학생 수현이 추가되면서 평균(?)이 올라갔다고 볼 수 있다. 요즘의 대학생들에게 더 나은 미래가 있는지는 차치하더라도.

"니는 왜 근데 말이 없냐?"

한모가 수현에게 물었다.

"네? 아… 그냥 두 분 말씀 하시는 거 듣고 있었어요."

"아야, 내가 진짜로 궁금해서 묻는데 기분 상해하지는 말고잉."

"네?"

"니 혹시… 그 뭐시냐. 남자를 좋아한다거나 뭐 그런 것은 아니제?"

"무, 무슨 말씀이세요!"

태랑이 기억하기론 수현을 만나고 처음으로 언성을 높였다.

자기도 모르게 탕 안에서 벌떡 일어난 그는, 밑을 가리던 수건이 흘러내려 적나라하게 아래를 노출시키고 말았다.

'대, 대물이다!'

한모가 자기도 모르게 입을 쩍 벌렸다.

태랑은 슬그머니 다리를 오므렸다.

"농담이여 짜식아. 흥분하기는."

"아 저래서 수건을… 음…."

"앗!"

수현이 황급히 탕 속으로 잠수했다.

〈2권에 계속〉